SOZINHA

Copyright © 2022 Keka Reis

Todos os direitos reservados pela Editora Gutenberg. Nenhuma parte desta publicação poderá ser reproduzida, seja por meios mecânicos, eletrônicos, seja via cópia xerográfica, sem autorização prévia da Editora.

EDITORA RESPONSÁVEL
Flavia Lago

EDITORAS ASSISTENTES
Samira Vilela
Natália Chagas Máximo

PREPARAÇÃO DE TEXTO
Samira Vilela

REVISÃO
Natália Chagas Máximo

CAPA
Ing Lee

DIAGRAMAÇÃO
Guilherme Fagundes

Dados Internacionais de Catalogação na Publicação (CIP)
Câmara Brasileira do Livro, SP, Brasil

Reis, Keka
  Sozinha / Keka Reis. – 1. ed. – São Paulo : Gutenberg, 2022.

  ISBN 978-85-8235-661-6

  1. Ficção - Literatura juvenil I. Título.

22-114835   CDD-028.5

Índices para catálogo sistemático:
1. Ficção : Literatura juvenil   028.5

Eliete Marques da Silva - Bibliotecária - CRB-8/9380

A **GUTENBERG** É UMA EDITORA DO **GRUPO AUTÊNTICA**

São Paulo
Av. Paulista, 2.073, Conjunto Nacional
Horsa I . Sala 309 . Cerqueira César
01311-940 São Paulo . SP
Tel.: (55 11) 3034 4468

Belo Horizonte
Rua Carlos Turner, 420
Silveira . 31140-520
Belo Horizonte . MG
Tel.: (55 31) 3465 4500

www.grupoautentica.com.br
SAC: atendimentoleitor@grupoautentica.com.br

KEKA REIS

SOZINHA

Para o Betinho, a história de uma saudade MAIÚSCULA.

E também para Denizart, Gabizinha e Thais, amigos presentes da vida e companheiros dessa travessia.

Capítulo I

Ela come olhando para mim. Não para de me observar. Eu acho que esse é o trabalho da minha mãe, ou de todas as mães. Observar. Olhar para a cara das filhas como se pudessem entrar em nossas cabeças e descobrir até os pensamentos mais secretos. Não. Ela não pode. Não vai rolar. Não comigo. Engulo a comida bem rápido, quero acabar logo com isso. Mas minha mãe não está com pressa.

– Come devagar. Depois seu estômago começa a doer e eu tenho que sair correndo para comprar remédio – Julieta fala bem devagar.

– Você detesta remédios.

– Sou eu que tenho que levantar para fazer o seu chá.

– Dã. Eu sei esquentar água e colocar aquele saquinho dentro, né?

Isso acaba com a conversa. Há pouco tempo aprendi que, se eu for bem grossa, ela fica quieta. Porque já desistiu de brigar. Diz que faz mal para a energia da casa. Energia? Jura? Tipo, uns raios de raiva invisíveis que pairam em cima das nossas cabeças toda vez que eu a perturbo ou que ela me irrita? Daí eu digo um monte de coisas sem pensar e minha mãe fica quieta. Quieta e olhando para mim.

Ela não para de me olhar. O barulho do relógio de parede me deixa nervosa. Um segundo depois do outro, e esse maldito olhar. A cozinha bagunçada tem cheiro de omelete. Louça suja por todos os lados, frutas estragadas – porque raramente se come fruta nessa casa – e ovo nos pratos. Sempre ovos. São tipo um alimento sagrado para a minha mãe. Não por terem propriedades importantes ou sei lá o quê, mas porque são a única coisa que ela sabe fazer.

O jantar está quase no fim. Engulo a comida sem mastigar e levanto rápido, derrubando a cadeira de metal que já está ultradetonada de tão velha. Minha mãe se assusta com o barulho e bufa, mas continua comendo devagar. Eu preciso correr. Pego a cadeira do chão e anuncio.

– Acabei. Fui.

– Não, espera, filha. Eu cortei manga pra gente.

– Eu já tô cheia.

– Toma um café.

– Café? Depois meu estômago começa a doer e é você que tem que levantar para fazer um chá.

Minha mãe respira fundo algumas vezes, com cara de quem está tentando se acalmar. É o mesmo olhar superior de sempre. Igualzinho ao da Betina, a professora de meditação lá da escola. As sobrancelhas um pouco arqueadas. Um meio sorriso no canto da boca. Um brilho no olhar igual ao daquelas *influencers* que tiveram a vida resolvida por um produto mágico que revolucionou o dia a dia delas. Hum-hum. É patético. Inspira, expira, inspira, expira. Também estou tentando me acalmar. Tomo um copo d'água bem devagar. Vou até a pia e lavo meu prato para não ouvir reclamações futuras. Ando pela cozinha como se fosse uma bailarina, bem leve e de tutu, apesar de odiar saias rodadas. Respiro e inspiro mais uma vez e falo com a mesma voz fofa de quando eu ainda adorava as omeletes sem sal que minha mãe faz.

– Então, posso ir? Você se importa de comer sozinha?

– Não, Pitu. Eu sempre como sozinha. Só me diz se você já pensou no que te falei hoje de manhã.

– Sobre eu deixar o celular em casa?

– Sobre o Martim. Quero saber se você já pensou no que eu te disse sobre o seu namoro.

Eu não acredito, ela vai insistir nessa história mais uma vez. É impressionante, essa mulher não tem limites. Meu coração dispara de raiva. Esqueço a bailarina e o tutu e saio pisando mais forte do que o Shrek, o Hulk e a Capitã Marvel juntos. No caminho, bato a coxa na maldita ponta da mesa.

– Calma, Rosa. Assim você se machuca. Vamos conversar.

Conversar? Falar sobre o que, o tempo? Vamos cantar juntas uma música daquela banda de tiozinhos barbudos que ela adora? Como é mesmo o nome deles? Tanto faz. Eu corro para o quarto e bato a porta de um jeito tão violento que até a moça do caixa do supermercado da esquina deve ter ouvido e se assustado – e olha que a mulher é brisada. Inspira, expira, inspira, expira. Sinto um troço quente na minha barriga, quase como uma cólica menstrual. Tipo aquela do primeiro dia de menstruação. O troço sobe, eu abro a porta do quarto e respondo com uma voz que parece uma dublagem tosca de filme de terror.

– Como você mesma disse, é o meu namoro. MEU. Você não tem nada a ver com isso!

Minha mãe acha que sou muito nova para namorar. Eu estou com o Martim desde os 12 anos, ou seja, há três anos e meio. Ela acha isso ultrapassado, porque estamos no século 21 e, com a minha idade, eu devia estar pegando todo mundo. Juro que ela fala "pegando" e não "beijando" ou "ficando", como todas as mães normais que eu conheço.

Agora, a casa está em silêncio. Eu me atiro na cama e grudo os olhos nos vídeos de gatinhos que tanto adoro. Eles são fofos e me acalmam. O Martim manda uma mensagem com os ingressos do festival que vai rolar na semana que vem. Genial, ele já comprou pra gente. Duas das cantoras que mais amo vão se apresentar no palco principal. Respondo com um coração, mas não consigo deixar de pensar no que minha mãe vai dizer sobre o show. Para ela, a questão não é me deixar sair à noite e voltar depois das duas da manhã. Ela até quer que eu faça isso. O problema é o tipo de música que eu escuto, as letras do funk. Uma vez, tentei começar uma discussão sobre o empoderamento das funkeiras e o fato de elas serem donas dos próprios corpos. Claro que não rolou. Minha mãe é feminista raiz e destruiu meus argumentos em menos de dois segundos. Ela é boa nisso. Eu ainda não contei, mas a mulher é professora de História. Amada e idolatrada por quase todos os alunos. Quase todos. Porque sim, eu também sou aluna dela. E só por isso tenho bolsa e consigo estudar em uma escola cara e metida. Mas chega de falar da minha mãe. Ela consegue invadir minha cabeça, até mesmo quando não está aqui me olhando daquele jeito bizarro. Melhor voltar para os meus gatinhos.

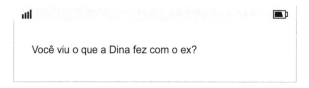

É uma mensagem da Serena, minha amiga mais antiga. Ela não é nada serena e está obcecada por *#TamoJunto*, um *reality show* bem idiota que eu também assisto.

Não presto atenção na resposta, porque a verdade é que eu não gosto tanto assim desse *reality* e estou vidrada no meu vídeo de gatinho preferido de todos os tempos. Ele venceu um concurso meio esquisito em que os americanos elegem a gravação mais surreal de todas. O vídeo é de um gato Jedi lutando contra outro gato Jedi. Tem muito efeito, o que eu não costumo curtir, mas os bichos são os mais carismáticos que já vi na vida. A cara deles me comove, dá vontade de encher minha casa de felinos fofos e de expulsar minha mãe para sempre. Eu ficaria com meu pai e com dúzias e mais dúzias de gatinhos ronronantes, como num sonho colorido. Melhor do que qualquer vídeo ou programa de TV. Alguém bate na porta, me trazendo de volta à realidade.

– Rosa, vamos conversar?
– Agora não dá.
– Depois?
– Tá.

Eu nunca consigo escutar os passos da minha mãe no corredor. Passos de bailarina? Não. É que Julieta não usa sapatos dentro de casa. Será que ela ainda está atrás da porta?

– Depois, quando?

Ela está atrás da porta. E também na minha cabeça. No meu pescoço. Nos meus pulmões, na minha respiração... Minha mãe não sai de dentro de mim. Ou eu não saio de dentro dela, como naquela história das baratas que ela sempre me contou.

– Amanhã, mãe. Pode ser?

Ela não responde. E eu não acredito que ela quer conversar de novo. É sério isso? Que saco, Julieta! Acho que minha vida seria muito mais fácil se você morresse de uma vez.

Capítulo 2

A casa está escura. Estudar de manhã é ainda mais pavoroso no inverno. Já ativei o modo soneca do celular umas 25 vezes. Cubro a cabeça e viro para o lado, mas o celular toca outra vez. No décimo alarme, eu levanto sem a menor vontade. Saio debaixo do edredom e encaro o ar gelado do quarto. Não rola. Tá frio demais. Volto para a cama. E se eu ficar aqui? Se eu não levantar, ela vai vir me chamar com aquela voz feliz de quem não tem o menor problema em acordar cedo.

Vem, Rosinha, o café preto tá delícia.

Quem consegue ficar tão animada assim antes das oito da manhã? Tiro forças não sei de onde e visto a roupa que deixei separada na noite anterior: moletom gigante e calça jeans estilo *mom*. Jeans da mamãe. Como a que aquelas mulheres estranhas usavam enquanto faziam permanente nos cabelos e dançavam ao som de Jon Bon Jovi. Eu sei, eu sei, a moda é mesmo uma parada difícil de entender. Mas a calça era realmente da minha mãe. A criatura tem um apreço especial por roupas antigas e não gosta de comprar nada novo. Nesse caso, eu aproveitei.

Saio do quarto e não tem nenhuma luz acesa na casa. Estranho. Será que ela ainda não acordou? Ou será que resolveu não colocar o despertador só por causa da minha resposta de ontem? Inacreditável. Custava fazer meu café?

Faço um café solúvel mesmo, que é horrível, mas quem é que aguenta tomar chá? Engulo um pão de forma com requeijão, embrulho uma maçã e corro para o ponto de ônibus para não perder a hora. No caminho, me arrependo de não ter pegado um cachecol e penso se não deveria ter acordado minha mãe. Vai que o despertador dela quebrou...

Passam dois ônibus na sequência. Deixo para pegar o segundo, que está mais vazio. Mas me arrependo assim que eu subo, porque tem um tiozinho de peruca que não para de olhar para a minha bunda. Todos os tiozinhos fazem isso. Até os que são carecas e não usam chapéu ou boné para disfarçar. É a tal da masculinidade tóxica – palavras da minha mãe, claro. Eu tiro o moletom, mesmo sentindo um frio paralisante, e amarro na cintura. É um sinal para o tal senhor que tem problemas com a masculinidade. Um sinal sutil. Minha vontade é de mostrar o dedo do meio, mas não faço isso.

Não pode enfrentar ou provocar esses homens, vai que eles são violentos.

Essa é uma das primeiras regras do manual. Dou risada sozinha quando me lembro da aula no Terminal Santa Cruz 6751, o mesmo ônibus que me leva para a escola. A professora? Minha mãe, Julieta, claro. Sempre ela, tudo ela.

Foi em uma manhã de verão. Quarenta graus na sombra, 58 graus dentro daquele busão.

– Lição número um do Manual de Sobrevivência da Menina Adolescente no Transporte Público.

– Os meninos não precisam de manual?

– Eu não tenho um menino, Rosa. Você é minha única filha e vai sozinha de ônibus para a escola. Presta atenção: tenta sentar assim que tiver um lugar vazio. Sentada é sempre mais tranquilo.

Corri e sentei na última poltrona vazia do ônibus, uma cadeira na janela e bem do lado de um homem muito magro com um saco de paçoca nas mãos. Minha mãe chegou perto e mandou uma crítica.

– Mas você não pode sentar em *qualquer* lugar.

– Claro que não. Eu sabia que tinha feito alguma coisa errada.

– Você não tá errada, filha. Esse mundo machista que é todo distorcido.

Levantei bem rápido, antes que a mulher começasse a fazer um discurso. Minha mãe é a rainha dos discursos.

– Tá. Beleza. E qual é a cadeira certa?

– No corredor. Assim fica mais fácil fugir se der alguma merda.

– Julieta, presta atenção. Você é minha mãe, não pode me ensinar palavrão. "Merda" é palavrão.

– Eu sou sua mãe e tenho a obrigação de te proteger das merdas desse mundo. Se não tiver lugar pra sentar e não rolar de ficar na poltrona do corredor, é melhor ficar em pé. Mas tem que ter cuidado. Com o ônibus cheio, os caras podem se aproveitar para te encoxar.

– Que neura.

– Não é neura, Rosinha. Acontece, e muito. É a vida real.

– Tá, e o que eu faço se um cara me encoxar?

– A gente tá aqui pra evitar isso. Se tiver que ir em pé com o ônibus lotado, usa a mochila pra se proteger. Nada de celular, e fica ligada em tudo e em todos. Minha tática mais infalível é fazer caretas e catotas.

– Caretas e catotas?

Não sei por que perguntei. No segundo seguinte, minha mãe fez uma careta muito estranha, enfiou o dedo no nariz e deu uns petelecos nas melecas, que voaram longe. O cara das paçocas olhou, enojado. Eu quis morrer. Julieta deu a típica gargalhada dela.

– Quase todos os homens que conheço têm pavor de mulheres que espalham catotas por aí.

A gargalhada tomou conta do ônibus e ficou gravada na minha cabeça, nos meus pulmões e no meu coração.

E cá estou eu, rindo como ela naquele dia, o que é quase tão sinistro quanto espalhar meleca de nariz pelo ônibus. Passo pela catraca e sento na única cadeira vazia do corredor, mas não sem antes encarar o tiozinho de peruca nos olhos. Ele desvia o olhar. Acho que muitos tiozinhos, homens e garotos também têm pavor de meninas que encaram e olham diretamente nos olhos.

Sabe aquela cara confiante de menina que luta krav maga, *filha? É tiro e queda.*

Estufo o peito e rio sozinha. É tiro e queda mesmo, mãe.

O ônibus para no meu ponto e vejo o Martim me esperando. Já pedi para não fazer isso, acho estranho ser escoltada, mas ele insiste. Meu namorado é o tipo de menino que parece ter nascido na época errada. Ele usa umas gírias bizarras e às vezes se comporta como se estivesse em uma comédia romântica antiga. Tem dias que acho engraçado, mas hoje, não. Já falei para ele que nada de mais pode me acontecer nos dois quarteirões que levo para chegar até a escola. Ele sempre responde que é um momento em que podemos ficar juntos, já que esse ano não estamos na mesma sala. A escola finalmente separou a gente. Sinto que tem o dedo de alguém nessa história. Quem? Quem será?

Martim me olha com um sorriso no rosto. Meu namorado tem o dom de sorrir de madrugada e no inverno. Acho isso um luxo. Um luxo para poucos. Ele me dá um beijo carinhoso.

– Já falou com ela?

– Com quem?

– Com a sua mãe. Já perguntou para ela se você pode ir no show?

– Não. Hoje à noite eu pergunto.

– Tá, mas não embaça. Pera, você não tá com frio?

Tive preguiça de contar para o meu namorado sobre o tiozinho de peruca e a razão para eu estar com o moletom amarrado na cintura. Andamos juntos até o portão da escola e nos despedimos. A sala dele é bem longe da minha. Tipo, quilômetros de distância.

Tenho um simulado de Física logo na primeira aula. Minha escola entrou nessa de preparar os alunos para o vestibular. Como estou no segundo ano do Ensino Médio, eu sou uma vítima dessa preparação. É uma loucura. Todos os professores e alunos só falam de ENEM, vestibular, cursos, pontuação, simulados, estudos... Inferno! Claro que não tenho a menor ideia do que eu vou prestar. Quem tem? Minha mãe me chama de artista e diz que faço os desenhos mais lindos do mundo.

É um chamado, Rosinha. A arte te chama e você não pode fugir.

Não ouvi chamado nenhum até agora. Só o despertador, a voz insistente da Julieta que NUNCA sai da minha cabeça, e a Serena e a Kellen tentando colar as questões de Física. Eu ignoro minhas amigas, mando bem nas perguntas, entrego a prova e saio da classe. Tudo isso na tentativa de ficar mais tempo com o Martim. Só que o cara sempre foi mais lento do que eu e deve estar no começo da prova. Isso se o outro segundo ano também teve a "sorte" de encarar um simulado de Física.

Não tem quase ninguém no pátio. O Martim não sai da classe dele. Estou com frio e o moletom não esquenta nada. É um dia estranho e gelado. A gente respira e vê a fumaça saindo da boca. Isso já teve graça um dia. Não hoje. Hoje tudo parece fora do lugar. Não tem pão de queijo na cantina, eu sou obrigada a comer uma coxinha fria e gordurosa e a maçã que trouxe de casa. Maçã não tem gosto de nada. Meu fone de ouvido quebra. Meu nariz congela. O Martim não aparece.

Volto para a sala e duas aulas inteiras se passam sem que os professores mudem de assunto. As matérias são diferentes, mas a conversa é sempre a mesma. Vestibular, vestibular, vestibular. Nós temos que pontuar no ENEM. Nós temos que passar. Nós temos que nos esforçar. Quase durmo na minha carteira, de tanta raiva que sinto. Quase. Ninguém que é filha de professora tem a coragem de dormir em alguma aula. Pelo menos é o que eu acho. Foram muitos anos ouvindo as reclamações da minha mãe e de seus colegas sobre o desrespeito dos adolescentes que dormem e babam durante as explicações importantes.

Dou um bocejo demorado e, quando abro os olhos, vejo meu pai na porta da sala, do lado da diretora. Ele está de cabeça baixa e não olha para mim. Não entendo nada. Era para ele estar em outra cidade, no interior.

Meu pai é produtor da banda de uns amigos dos tempos de faculdade dele, por isso nunca para em casa. É um grupo pequeno que toca um rock chato e antigo, daqueles com teclado e tudo. Mas meu pai gosta. Adora, na verdade. Canta todas as músicas junto, de olhos fechados, e diz que não trocaria esse emprego por nada nessa vida. Eles estavam em turnê. Ou melhor, estavam tocando em bares e espeluncas de cidades menores do que o nosso bairro.

Hoje, era para ele estar em Bocaina. Bocaina é longe. O que ele está fazendo aqui de manhã? Por que a diretora está tremendo e com os olhos cheios de lágrimas? Olho para os outros alunos, que começam a cochichar. A professora de Matemática vai até a porta, fala com os dois e sai correndo em seguida. A diretora solta um soluço. Meu lápis cai no chão em câmera lenta. Meu coração dispara. Abaixo para pegar o lápis – quem sabe tudo isso não é só uma viagem minha e, quando eu subir de novo, já vai ter passado? Então eu vou prestar atenção na aula e parar de reclamar. Vou estudar para o vestibular. Vou ser mais legal com a minha mãe. Olho para os pés dos meus amigos, tudo meio em câmera lenta.

Lembro de um vídeo que o professor de Geografia mostrou para a gente, com imagens do *tsunami* de 2004, na Indonésia. Uma das cenas mostrava a felicidade de um carteiro americano que tinha saído do país pela primeira vez e ido parar naquela praia paradisíaca. A expressão calma e tranquila dele ficou para sempre na minha memória. No segundo seguinte, o homem foi engolido por uma onda gigante. Eu não quero ser engolida por uma onda gigante. Levanto da cadeira e os dois continuam lá, meu pai e a diretora. Ela ainda não parou de chorar. Não é uma viagem. Eles andam na minha direção.

Câmera lenta. Coração disparado. Tento respirar, mas, de uma hora para outra, parece que não tem mais ar no mundo. Onda gigante. Ninguém precisa me dizer mais nada. Eu sei. Já entendi tudo. Ou acho que entendi. Minha cabeça gira. O ar não vem. Inspira, expira, inspira, expira. Não adianta. As vozes ficam distantes. Eu não quero que eles falem comigo. Eu quero a minha mãe.

Capítulo 3

Estou trancada no meu quarto tem algum tempo. Três dias, para ser mais precisa. E não estou trancada de verdade, porque meu pai exigiu que eu deixasse a porta aberta. Ele não falou nada, mas eu entendi tudo. O medo dele, da minha avó e de todos os meus amigos é o mesmo: acham que eu posso me matar. Na verdade, todos eles imaginam que, nesse caso, o suicídio não seria tão estranho assim. Afinal, acabei de perder minha mãe. Ela morreu enquanto dormia, teve um aneurisma cerebral rápido e fatal. Provavelmente no começo da manhã, talvez no mesmo minuto em que eu me lembrava da lição de como espantar os tiozinhos abusadores no ônibus com a tática das melecas de nariz.

Eu estava sorrindo quando minha mãe morreu? Não, não vou me matar. Sou uma menina forte. Tão forte quanto ela, a mulher que anda na frente do cemitério e pisa em cima de todas as baratas. Ou melhor, a mulher que andava na frente do cemitério e matava as baratas com os dois pés. No passado. Porque agora ela está lá, enterrada naquele mesmo lugar, o cenário da história que mais ouvi na vida. Eu sei de trás para frente todas as palavras que ela usava para falar daquele momento único que viveu. Ou que vivemos.

Minha mãe estava grávida de mim e sua barriga estava enorme, porque ela queria ter parto normal e esperou até o último segundo. Toda vez que ela me contava isso, eu ficava com a impressão de que a gravidez tinha sido mais longa do que deveria porque eu não queria sair de dentro da barriga dela. Quem quer sair de um lugar quente e aconchegante para viver em um mundo que tem tiozinhos abusadores? Quem quer viver em um lugar em que as pessoas desaparecem das nossas vidas de uma hora para outra e sem aviso? Eu nunca falei isso para ela. Porque, para a minha mãe, eu sempre fui a garota mais forte do mundo. É justamente o que estou tentando ser. Agora que ela foi embora e me deixou sozinha. Sozinha. *Sozinha.*

Respiro uma, duas, três vezes, mas o ar parece nunca chegar aos pulmões. É como se eu estivesse em uma daquelas cidades altas e sofresse com a altitude. Mas estou aqui, no meu quarto frio e bagunçado. O livro que ela me deu e que eu nunca tinha lido até ontem está aberto em uma página qualquer. Roupas sujas, pratos com migalhas de pão e papéis aleatórios espalhados por todos os lados.

Que horror, filha. Isso aqui parece um cenário de guerra.

Não. Não vou deixar. Não pode. Ela não deixa. Eu vou arrumar. Ela não deixava, no passado. Levanto e dobro minhas roupas do jeito que Julieta ensinou. Sinto que ela está aqui. Não, não está. Eu estou sozinha. Sozinha. Ela está lá, naquele cemitério onde aconteceu a história das baratas.

Minha mãe andava para fazer com que eu encaixasse na posição correta para um parto normal. Eu, um bebê. Ela, uma mulher grávida e enorme. Estava calor e ela voltava do trabalho a pé. São muitos quilômetros entre a escola e o meu prédio, e no meio tem um cemitério infestado por baratas. Minha mãe sempre teve pavor de baratas. Mas o fato de carregar um bebê na própria barriga fazia com que ela se sentisse muito corajosa e perdesse o medo de tudo. A última vez que ela me contou isso foi no meio de uma briga. É claro que não me lembro o motivo da discussão, mas sei que devo ter falado para ela o que eu sempre dizia quando a gente brigava.

– Eu sei que não sou a filha que você queria, mãe. E nunca vou ser.

– Não fala bobagem, Rosa. Você é quem você é. A menina forte e decidida que chegou me dando forças também. Já te contei que, no finalzinho da gravidez, eu me sentia tão poderosa de ter você aqui dentro de mim que até barata eu matava? Teve um dia que...

Fala, mãe. Por favor. Conta de novo essa história? Eu posso ouvir outras dezenove mil e quinhentas vezes. Não, não consigo, porque o barulho das visitas aqui em casa atrapalha. É a vizinha da frente, uma mulher quieta e apagada que nunca tinha se dado ao trabalho de cumprimentar a Julieta. Agora, ela está aqui, fazendo uma visita de pêsames e perguntando para o meu pai como é que eu estou enfrentando a situação. É o que todo mundo quer saber. No dia do enterro, meu pai só chorava. Ele chorava e gritava. Maria Célia, minha avó, ao invés de dar um abraço no filho que tinha acabado de perder a mulher, ficava para lá e para cá resolvendo questões práticas. Ela teve sangue-frio para ir e voltar de um boteco para comprar pão de queijo borrachudo para todo mundo. Minha mãe era a mais velha de cinco irmãos e não tinha o menor contato com a família, *uns médicos fascistas, falidos e recalcados que um dia já foram donos de um hospital.* Palavras dela, claro. Eu nem conheço esse lado da família. Agora, as nossas palavras se misturam. Ou será que sempre foram meio misturadas?

Enterro. Estava todo mundo confuso e as perguntas não paravam de aparecer.

– Vão enterrar ou cremar?

– Ela tem seguro funerário?

– Já pensaram em algum modelo de caixão?

– Vocês querem a maquiagem normal?

– Julieta vai ser enterrada com essa roupa mesmo?

Entre o choro do meu pai, os pães de queijo borrachudos, as dúvidas bizarras e a sensação de estar vivendo um filme de terror sem fim, eu me perguntava como é que a morte podia vir acompanhada de tantas dúvidas.

– Como você está enfrentando tudo isso?

Eu não sabia responder. Não sabia nem o que estava fazendo ali. A única certeza dentro de mim era de que, em algum momento, minha mãe levantaria do caixão, daria a risada mais gostosa do mundo e reclamaria da roupa laranja que a diretora da escola tinha escolhido para enterrá-la.

Absurdo, Pituca. Como é que alguém pode ser enterrado de laranja?

Ninguém levantou do caixão. Eu deixei que ela fosse enterrada com aquela roupa. E não aguentava mais os olhares de pena de todas as pessoas do mundo que "sentiam muito". Sentiam mesmo? Na sala de casa, a mesma pergunta se repetiu:

– Como a Rosa está enfrentando tudo isso?

Mas não é a voz da vizinha quieta e apagada. É a do Martim tentando falar como um adulto maduro na frente do meu pai. Meu pai é um homem pela metade agora. Dá para sentir isso na maneira como ele responde o meu namorado. A voz fraca, sem força nenhuma.

– Ela é forte como a mãe. Tá se segurando. Mas acho que uma hora a ficha cai.

– Eu tô preocupado. Mandei mensagens, mas ela não respondeu.

– Entra lá, Martim. Tenho certeza que a Rosa vai gostar de te ver.

Meu pai está errado. O Martim é a última pessoa que eu quero ver agora. Ele acaba de entrar no meu quarto com aquele mesmo olhar de pena e confusão que todos os outros têm.

– E aí?

– E aí que eu quero terminar com você. Estamos em pleno século 21 e sou muito nova para namorar. A verdade é que eu deveria estar pegando todo mundo agora, e não namorando a mesma pessoa desde os 12 anos.

Capítulo 4

Hoje é meu terceiro dia na escola desde que tudo aconteceu. Tenho dividido as minhas horas entre os vídeos de gatinhos e as sopas horrorosas que meu pai insiste em fazer. Ele sempre diz a mesma coisa.

– É *comfort food*, Rosinha.

Comfort food? Nós dois sabemos que legumes esparramados em um caldo ralo não confortam ninguém. Mas seguimos. Meu pai abandonou a turnê da banda no interior e passa os dias com a cara enfiada no celular. Minha mãe odiaria ele por isso. O celular era o inimigo número um dela.

Esse troço é o câncer do mundo moderno.

O Martim pirou. Não para de me mandar mensagens querendo conversar. Não quero conversar. Cansei disso. Agora que minha mãe morreu e não tem mais brigas, eu finalmente posso ficar quieta. Minhas amigas passaram os últimos dois dias tentando me distrair da minha dor. Não rolou, porque a dor já se transformou em um buraco que mora dentro de mim. Elas derramaram muitas lágrimas, me deram presentes, abraços, fotos antigas, conselhos, beijos, mais abraços e disseram que eu precisava muito chorar. Mas, na real, elas não sabiam o que dizer e nunca usavam as palavras certas. Se é que existe palavra mais certa e objetiva do que MORTE. Todos vamos morrer um dia e ninguém duvida disso.

De uma hora para outra, e sem nenhuma explicação aparente, sentei do lado da Jane, a menina mais quieta da classe. Dizem que ela é uma péssima influência. Também já falaram que é mãe solteira. Não sei. Não perguntei. O que sei é que Jane não me olha com cara de quem não sabe o que dizer e também não quer conversar. No primeiro dia que sentamos juntas, tivemos um diálogo curto.

– Foi mal o que rolou.

– É. Foi mal.

Agora eu passo minhas horas vagas com a Jane. As duas quietas. Estamos no intervalo de uma aula e a Serena vem me entregar um papel.

– Desculpa, Ró, mas é um bilhete do Martim.

– Bilhete? Que antigo.

– É porque você não está respondendo as mensagens dele. Rosa, você não acha que seria legal conversar?

Com essa pergunta, minha amiga me faz querer sair da classe no exato momento em que o sinal toca, anunciando o fim do intervalo. Serena estranha minha atitude.

– Ró, não foge. Aonde você vai? Você não ouviu o sinal?

Jane dá um sorriso de canto de boca, levanta da carteira e me segue.

– Toda vez que o sinal toca, me dá vontade de fumar. É impressionante – ela diz.

– Impressionante – repito.

Sentamos em uma mureta do pátio e abro o bilhete do Martim. Meu sangue esquenta. Ele fez uma lista com dez motivos para eu reconsiderar o término do nosso namoro. O décimo motivo é o que me deixa maluca.

"Não é porque sua mãe morreu que você precisa começar a fazer tudo que ela queria. Você é uma pessoa. Ela é outra."

Quase não acredito no que leio. Fecho os punhos com força.

– Babaca.

Jane não sabe do que estou falando, mas concorda.

– Babaca.

Levanto da mureta e piso fundo até a sala do Martim, que agora não me parece mais tão longe. Entro no meio da aula de Inglês, vou até a carteira dele e atiro o papel amassado na cara do garoto enquanto grito e chuto aquela mochila dele que tem um macaco pendurado. Eu sempre odiei essas mochilas. Precisa ser muito otário para pagar mais de quinhentos reais em uma bolsa que é tão igual as outras. Eu chuto com força e grito cada vez mais alto.

– Ela não é outra pessoa! Ela foi, no passado. FOI! Você não aprendeu a conjugar até hoje? Eu não dou conta de namorar alguém tão burro assim. Para de me mandar mensagem. Some da minha vida e NUNCA mais toca no nome da minha mãe, tá?

O Martim não responde. A classe inteira me olha, aquele mesmo olhar de pena. Será que fizeram um curso de atuação por correspondência? Um curso tosco. Certeza.

Agora estou na frente da Mércia, a psicóloga da escola. Ela me encara.

– Então?

– Então?

— Rosa, vamos falar do que aconteceu?

— Pode falar.

— Não. Eu quero te ouvir.

Fico quieta por longos segundos. A Mércia tem um tique de enrolar os cabelos com o dedinho da mão direita que é pavoroso. A sala dela cheira a consultório de dentista e é toda pintada de branco.

— Rosa, todo mundo sabe que você passou pelo maior dos traumas. Mas eu estou aqui para ajudar você. A gente pode conversar.

Ela pediu. Juro que pediu. Modo vilã loira de série americana ativar.

— E por que você acha que pode me ajudar?

— Você sabe. Eu sou psicóloga.

Ela aponta para um quadro pendurado na parede e sorri de um jeito sem graça.

— Com diploma e tudo.

— Minha mãe dizia que você era formada por um monte de livros de autoajuda.

— Hã?

— É. Ela te achava um tédio. Um tédio. Palavras dela.

A Mércia fica em silêncio. Ela não pode sentir raiva de uma pessoa morta. Acho que também não pega bem para uma psicóloga julgar uma adolescente que acabou de passar pelo maior dos traumas. Então, ela não fala nada. Saio da sala sem me despedir.

Meu pai vem me buscar na escola. Não sei se ligaram para ele. Ficamos quietos por quase todo o caminho.

O ônibus está cheio de pessoas tristes e cansadas que só querem vencer mais um dia.

Quando chegamos na praça perto de casa, meu pai finalmente fala.

– Tenho uma surpresa.

– Surpresa boa ou surpresa ruim?

– Boa, claro. Surpresas são sempre boas, né?

Eu não respondo. Meu pai se liga na besteira que acabou de dizer e chora.

– Sinto muito, filha.

– Eu sei que você sente, pai.

Ele olha bem para a minha cara, na expectativa de finalmente me ver chorar. É o que todos esperam. Um escândalo, digno de cena triste de novela ruim.

Eu só estalo os dedos e aviso.

– Aperta a campainha. Tá bem perto do ponto.

Quando chegamos em casa, descubro que a surpresa é a Charlotte, uma gata vira-lata que está escondida embaixo da mesa da sala.

– Charlotte é um nome meio fresco. Acho que ela não iria gostar.

– Eu nem sei se os gatos entendem os nomes que têm, filha.

– Eu não falei da gata. Ela não ia gostar. Ela. Minha mãe teria dito que Charlotte é um nome muito burguês. Certeza.

Meu pai sorri. Um sorriso diferente, quase dolorido. Acho que agora ele faz força para sorrir.

– Qual nome você acha que a sua mãe gostaria de dar para essa gata?

– Sei lá, ela nunca gostou de bicho. Não te parece estranho a Fernanda Montenegro vir morar com a gente tão cedo?

Mais uma vez, meu pai se esforça para sorrir. Nós dois sabemos que a Fernanda Montenegro era a atriz preferida da minha mãe.

Ela não é só uma atriz, ela é um patrimônio nacional. Vocês já repararam nos olhos dessa mulher?

Mais uma vez, ele espera minhas lágrimas caírem. Mas elas não chegam.

Os dias se passam com os meus momentos silenciosos ao lado da Jane e as tentativas que faço para desenhar e transformar a Fernandona em uma gata menos arisca, já que ela ainda não sai debaixo do sofá. O que é uma incoerência, pois é assim mesmo que eu me sinto. Uma pessoa arisca. Sozinha, muito sozinha. Desenhar parece não fazer muito sentido agora. Olho para uma folha em branco e a única vontade que tenho é de riscar tudo com força. Talvez isso ajudasse, colocar minha raiva no papel. Mas a real é que não sinto a menor vontade de fazer nada.

Agora, estou na enfermaria da escola sendo encarada pela Mariane, a enfermeira.

– Como você está enfrentando tudo isso?

Eu não respondo. Ela pega minha mão direita e sente que está fria.

– Acho que baixou a pressão. Vamos medir?

– Não precisa, é cólica.

– Cólica? A gente não tem remédio, Rosa. Por isso eu sempre digo para as meninas andarem com remédios para dor na bolsa.

– Eu não tomo remédio.

– E o que você faz quando sente cólica?

– Espero ela passar. Preciso é de um absorvente.

– A gente também não tem absorvente aqui.

– Sério? Como é que uma escola cara e metida como essa não tem a droga de um absorvente para dar para uma aluna menstruada?

Mariane não responde. Eu me despeço de um jeito apressado e saio da enfermaria.

Quando chego em casa, umas mulheres que nunca vi na vida estão sentadas em volta da mesa com o meu pai. Ele me apresenta uma por uma, superconstrangido porque, na verdade, não sabe ao certo o nome de nenhuma delas. São amigas de um grupo de faculdade que minha mãe frequentava, algo como "Professoras Feministas Combativas e Unidas". Nas palavras da Cilene, elas vieram dar apoio. Eu acho ótimo, de verdade, porque elas trouxeram uma torta de frango e um bolo de mandioca com goiabada. É o fim da era das sopas ralas com quase nada boiando. Como um pedaço gigante de bolo e penso que ele é o verdadeiro *comfort food*, se é que isso existe. Nenhuma das colegas da Julieta me pergunta nada, elas não querem saber "como estou enfrentando tudo isso".

A conversa gira em torno do único assunto que temos em comum: minha mãe. Elas contam uma história de quando eram estudantes e foram juntas em uma manifestação que tinha tudo para dar errado. Estavam todas lá, combativas e unidas. Com coragem, grito de guerra e muito leite de magnésia com água na mochila, para evitar o efeito do gás lacrimogênio. Quando a tropa de choque chegou, todas conseguiram dispersar, menos minha mãe. Um dos policiais gritou para ela ir embora, mas Julieta não foi. Ficou em pé, na briga para que os cortes que o Governo fez na área da educação fossem revogados.

Não vai ter corte, vai ter luta.

Muita gente foi parar na prisão naquele dia. As amigas da minha mãe não sabiam como localizá-la. Quando finalmente descobriram que as estudantes tinham sido levadas para uma delegacia no bairro de Pinheiros, correram para lá. E deram de cara com a Julieta e o delegado dividindo um pastel de queijo na sala dele. Sim, um pastel de queijo. Depois que se acalmava, minha mãe sabia conversar como ninguém. Ela era boa nisso. Julieta ficou horas falando com o delegado e conseguiu livrar todas as estudantes presas. Ela era esse tipo de mulher. Olho para a cara daquelas outras mulheres e morro de saudade.

Como alguém que consegue dividir um pastel de queijo com um delegado de polícia pode ir embora tão cedo? Por que ela me deixou sozinha? O ar desaparece de dentro de mim, da sala, da cidade, do mundo inteiro... Eu nunca ouvi falar que as filhas desaprendem a respirar quando as mães não estão mais ao lado delas. Eu sei respirar, sempre respirei sozinha. Com força, com vontade, com os dois pés no chão. Mas, agora, parece muito difícil.

As vozes das mulheres estão cada vez mais distantes, confusas. Sinto o cheiro do perfume que Julieta passava logo de manhã e que eu odiava. Lembro da roupa laranja com que ela foi enterrada. Das fotos dela, que minha avó fez o favor de tirar daqui de casa logo depois do enterro – Maria Célia, sua cretina, quero ver aquelas fotos de novo. Das mochilas caras com chaveiro de macaco. Da cara de idiota do Martim e de todo mundo da escola. Eu quero silêncio na minha cabeça, mas é como se vários cantores de ópera não muito afinados estivessem cantando ao mesmo tempo. Na verdade, eles não cantam. Eles gritam bem alto.

Fotos, roupa laranja, comidas sem sal e sem gosto, omelete... Eu quero comer de novo a sua omelete, mãe. Cilene, a mais velha das mulheres, percebe que eu não tô legal. Ela coloca as mãos em cima da minha e não fala nada. Às vezes, é só disso que precisamos. Uma mão em cima da outra. Por favor, para sempre. Não tira mais as mãos daí. Meu pai tenta mostrar a Fernandona para as amigas da minha mãe, mas agora a gata se escondeu em algum outro lugar que não conseguimos achar.

É hora de dormir, mas é claro que o sono não vem. Acho que é porque fiquei mais de meia hora vendo vídeos de gatinhos. Ou o Instagram do Martim, que apagou todas as nossas fotos. Ou são as perguntas que passeiam pela minha cabeça que não me deixam em paz. Por que ela? Por que comigo? Por que não conheci essas mulheres antes? Por que eu não quis conversar direito com ela naquela noite? Por que eu não recebi pelo menos um sinal? Que idiota o Martim é. Como ele teve coragem de apagar minhas fotos bem agora? Como uma escola cara daquelas não tem a droga de um absorvente para me dar? Minha mãe ficaria quieta se passasse por isso? Não, é claro que não. Mando uma mensagem para a Jane.

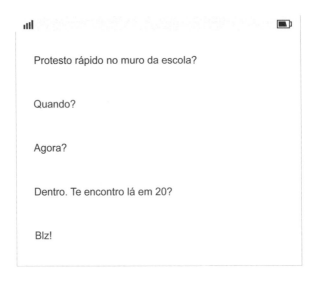

Protesto rápido no muro da escola?

Quando?

Agora?

Dentro. Te encontro lá em 20?

Blz!

São quase onze e meia da noite e eu estou com a Jane na frente da Escola Americana. Eu disse para o meu pai que sairia com uma amiga. Ele nem me perguntou quem era essa amiga, de tão feliz que ficou em saber que eu convivo com alguém que não seja ele, a Fernanda Montenegro ou os gatinhos dos vídeos. Jane admira nossa obra.

– Ficou demais.

Nesse momento, eu penso no orgulho que minha mãe sentiria se estivesse aqui. Orgulho da filha que pensa e protesta. Afinal, que merda de escola é essa que não tem um simples absorvente para dar a uma aluna menstruada? Concordo com a Jane.

– Ficou mesmo. MUITO demais.

Capítulo 5

Não dormi direito na noite passada. Mas não foi por causa do celular ou da adrenalina que senti ao deixar o protesto na fachada da escola. Foi minha cabeça mesmo.

Espantar a raiva com pensamentos bons.

Era isso que minha mãe dizia toda vez que eu tinha um chilique por causa de uma franja torta ou de uma briga com o Martim. Ah, se eu soubesse como essas coisas são idiotas e sem sentido. Que raiva que dá não poder voltar no tempo.

Espantar a raiva com pensamentos bons, Pitu. Eu já te falei isso antes.

Eu sei, mãe. Não esqueço. Nunca vou esquecer. Pensamentos bons. Lembranças legais. Gargalhadas altas e sem fim. Memórias doces que agora fazem meu coração encolher. Julieta está em quase todas elas. O dia em que fomos ao shopping com os sapatos trocados, ela com meu All Star amarelo, eu com a bota preta dela. Minha mãe detestava shopping. Mas, naquele dia, decidiu ir porque estava muito feliz com a ideia de a gente já calçar o mesmo número e resolveu me levar para tomar um sorvete delicioso de um lugar que só tem em shoppings.

– Vamos duplicar nosso número de sapatos, Rosinha.

– O que isso quer dizer?

– Que agora os seus sapatos são meus e os meus sapatos são seus.

– Quem disse?

– Eu acabei de dizer. Estou com uma política nova.

– Socialismo de sapatos?

– Não. Eu vou começar a numerar todas as vantagens de ter uma filha grande e adolescente.

– Para se convencer de que não é tão horrível assim?

– Não. Para convencer *você* de que não é nem um pouco horrível.

– Hã?

– Sapatos em dobro. Filmes para maiores. Discussões sobre socialismo. Máscaras de argila no rosto. Experiências exóticas com os cabelos. *Piercings.* Certezas absolutas. Baladas sem hora para voltar.

– Mas você sempre me manda voltar em um horário específico.

– Eu tô falando das minhas baladas e não das suas. Agora, você já fica sozinha e eu e o seu pai podemos voltar no meio da madrugada. Não é incrível?

Ela era incrível. A mulher mais incrível de todas.

Escuto a voz da diretora. Aquela que não sabe segurar o choro e tem um mau gosto terrível para escolher roupa de gente morta.

– Estou em uma situação delicada aqui, Renato. Os pais estão fazendo a maior pressão. Muitos viram a obra da Rosinha hoje de manhã. Dá para imaginar a cena? Você chegando com seus filhos na escola, um deles com menos de 8 anos, e vendo um painel cheio de absorventes pintados de vermelho-sangue colado no muro da frente?

Meu pai olha para mim. Juro que tem orgulho na expressão dele.

– Dá para imaginar, sim. Absorventes pintados de vermelho-sangue? Nossa. É uma lição de vida.

Renato não segura a onda e começa a rir. Eu fico aliviada, porque ele não está bravo comigo nem nada. A diretora finge que não está nem um pouco constrangida e segue com a conversa.

– Sem falar no incidente com o Martim. Como eu disse, com os pais pressionando, a escola fica em uma situação delicada.

Meu pai para de rir imediatamente. Faz uma cara que eu conheço bem. Ele é daquele tipo bonzinho que todo mundo paga para não ver bravo, porque quando fica bravo, as veias saltam, os olhos esbugalham e eu fico morrendo de medo de ele ter um enfarte.

Por favor, pai. Fica calmo. Se cuida. Eu te imploro, eu penso.

– Situação delicada, Leonora? Vocês estão em uma situação delicada?

Ele levanta da cadeira, para em frente à janela e olha para o nada. O que será que meu pai vê lá fora? Não importa. Veias saltando, suor repentino e rosto muito vermelho.

Por favor, pai. Inspira, expira, inspira. Dá um jeito, você é adulto.

– Situação delicada estou eu. Não sei se você entendeu, mas minha mulher acabou de morrer. Tenho uma adolescente em casa e tive que dar um tempo do meu trabalho porque os horários não batem. Por falar nisso, é claro que eu não tenho a menor ideia de como vamos pagar a mensalidade da escola. Mas não dá para vir aqui ouvir sermão porque minha filha colou uma cartolina suja no muro de vocês. Ela sempre foi a melhor aluna desse colégio, você sabe disso.

– Eu sei, mas as coisas mudaram.

– Mudaram muito. As coisas pioraram. E não para você ou para esses pais babacas que eu nunca vi a cara, porque eles mandam os filhos com motoristas para a escola. As coisas pioraram para mim. Para mim e para a minha filha.

Eu nunca amei tanto meu pai. Pela primeira vez desde que minha mãe morreu, esboço algum tipo de emoção e sorrio para ele.

Boa, pai.

Ele respira fundo. As veias pararam de saltar. A raiva saiu de dentro dele, agora está no ar. A diretora levanta e faz um sinal com as mãos.

– Vamos manter a calma, Renato. Não estamos aqui para discutir como os alunos vêm para a escola. Mas já que você tocou no assunto da mensalidade...

Leonora fica quieta de repente e olha para um quadro espantosamente feio que tem na sala da diretoria. Daquele pintor famoso que todo mundo tem a mesma gravura, claro. Não que eu entenda muito de arte. Mas minha mãe costumava dizer que aquele quadro, ou o fato de ele estar pendurado na parede da diretoria, dizia muito sobre a nossa escola. *Nossa* escola. Estranho, isso não faz mais sentido para mim, essa escola já não me parece minha. Nem nossa. A diretora olha para o quadro do Romero Britto e procura as palavras. Acho que ela não quer dizer o que precisa ser dito. Meu pai entende o silêncio da mulher e grita ainda mais alto.

– Não tem mensalidade nenhuma porque eu não sei como vou fazer para pagar.

– Sim, eu imagino. A escola está disposta a fazer uma negociação, mas como você pode imaginar, não podemos mais seguir com a bolsa, já que a Julieta...

Ela não completa a frase. Eu olho para a cara do meu pai, que de novo está mais vermelho do que o sangue falso que eu e a Jane pintamos nos absorventes.

– Não tem mais bolsa?

– Não. Mas tem negociação. Nós gostamos muito da Julieta.

Nessa hora eu não me seguro e também dou um grito.

– Gostamos ou gostávamos, no passado? Minha mãe morreu, lembra?

A diretora olha para mim e perde a pose. Ela senta mais uma vez e desaba num choro histérico e nada silencioso. O choro que todo mundo espera que saia de dentro de mim, e não da autoridade máxima da Escola Americana. Enquanto chora, ela soluça e diz coisas que quase não dá para entender.

– Eu sei. A melhor professora. Tão cedo! Ela acreditava em tanta coisa! E os alunos acreditavam nela. Tanto carisma, nunca vi nada igual. Um horror o que aconteceu. Está todo mundo em choque. Ter que tratar de dinheiro nessa hora, que horror. Eu não queria fazer isso. Eu juro que não queria. Odeio essa minha função. Quero voltar a acreditar, como a Julieta acreditava.

Olho para o meu pai e nós dois entendemos o ridículo da situação. Apesar da nossa condição delicada, vamos ter de encarar o choro da Leonora. Meu pai coloca as mãos no ombro da diretora.

– Calma, Leonora. Tá tudo bem. Vai ficar tudo certo.

– Como?

Meu pai me olha de um jeito estranho e demorado, me deixando aflita. Ele abaixa a cabeça e fala com a voz mais baixa do mundo.

– Eu já vinha pensando nisso. A gente vai mudar para a casa da minha mãe. Tem uma escola modelo lá perto. Modelo e pública, o que é ainda melhor. A Rosa começa as aulas no segundo semestre.

Não consigo acreditar no que meu pai acabou de dizer. Mas me convenço rapidinho de que ele só disse o que disse para acabar com o choro da Leonora.

– Lá tudo vai ser mais fácil. Minha mãe pode cuidar da Rosa enquanto eu viajo com a banda. A gente não vai precisar pagar aluguel.

A diretora para de chorar e olha para o meu pai com alívio.

– Que bom que vocês têm essa saída, né?

– É.

– Queria me desculpar pelo meu descontrole.

– Imagina, Leonora. Estamos todos muito abalados. Especialmente a Rosa. Tenho certeza de que ela fez o que fez, a briga com o Martim e a cartolina com os absorventes, em um momento de desespero. Não foi, filha?

Faço que não com a cabeça. Então me levanto e vou até a porta da sala batendo o pé.

– Eu preciso ir, tem aula de Física.

A manhã demora para passar. Fico irritada porque os olhares mudaram de uma hora para outra. Agora, não sou mais a pobre coitada que perdeu a mãe, e sim uma heroína *punk* defensora das adolescentes que menstruam e não têm absorventes para usar. É patético. A Jane curte o status de transgressora, mesmo que ninguém saiba que ela também estava envolvida no protesto vermelho. Não, a Jane não se entregou. Não, eu não esperava isso dela. A menina não para de me mostrar as fotos que os alunos espalharam da nossa "obra de arte" pelas redes sociais com a *hashtag* #protestovermelho. Viralizei. Mas, de verdade, não dou a mínima para isso.

Quando chego em casa, meu pai está deitado no sofá com a Fernandona no colo. É uma cena bonita, ela nunca tinha ido para o colo de ninguém.

– Tudo bem?

– Tudo, pai. E você?

– Mais ou menos. Tô morrendo de vontade de fazer xixi.

– E por que você não vai?

Meu pai sorri, um sorriso verdadeiramente feliz. Como é bom ver esse sorriso dele.

– Olha isso, filha. É a primeira vez que a gata vem para o meu colo. Como é que eu vou tirar ela daqui agora? Eu tô preso!

Vou até a cozinha estourar pipoca, a base da minha alimentação, além das sopas ruins e do resto de torta de frango e do bolo que as amigas da minha mãe deixaram. Grito para o meu pai, que ainda está "preso" no sofá.

– Pai?

– Fala.

– Eu adorei a desculpa que você inventou para a Leonora parar de chorar.

– Que desculpa?

– Da gente morar na casa da vovó.

Meu pai aparece na cozinha e fala, mais uma vez, com a voz mais baixa do mundo.

– Não, filha. Você não entendeu. Não era desculpa. A gente vai morar com a vovó mesmo, já tá tudo certo.

Na semana que vem a gente entrega o apartamento e vai. Eu não queria te contar daquele jeito, estava esperando a melhor hora para termos essa conversa.

A pipoca começa a estourar, fazendo um barulho ensurdecedor. Um barulho que me desconcentra. Perco o equilíbrio e sento na mesma cadeira que derrubei na última briga que tive com ela. Minha voz quase não sai.

– Não, pai. Você não vai fazer isso comigo agora. Não mesmo.

Capítulo 6

Tenho suado frio e sentido muita tontura, uma coisa que começa na barriga e vai se espalhando pelo corpo todo. Me transformei em uma pessoa gelada. Meu pai fala comigo e às vezes é como se eu não estivesse aqui. É estranho. Olho as cenas de longe, não estou realmente aqui. Meu coração nunca mais bateu do mesmo jeito. Agora, ele tem pressa, muita pressa. E vontade própria. Dispara nas horas mais aleatórias e por qualquer motivo. Eu lavo o rosto, as mãos e tento não pensar nisso, porque sou (ou tenho que ser) uma garota forte. Tão forte que enfrentei o Renato com essa história bizarra de a gente mudar para a casa da minha avó. Eu falei para ele que não iria de jeito nenhum e que não sairia do meu quarto nunca mais.

E foi isso que fiz. Já tem quarenta e oito horas que só abro essa porcaria de porta para ir ao banheiro. Depois volto e fecho. O que faço aqui esse tempo todo? Assisto vídeos de gatinhos e séries e passo muitas horas no Instagram dos meus amigos. Também fiquei com uma única frase na cabeça: *Minha vida seria tão mais fácil se você morresse de uma vez, Julieta.*

Ela morreu. Me deixou aqui, sozinha.

A tontura volta. Eu deito na cama e respiro fundo, muito fundo. Meu braço formiga. Pode ser um enfarte, mas quem é que morre de enfarte aos 15 anos? Eu tenho medo de que meu coração explodam de uma hora para outra. Tenho medo de ficar louca. De nunca mais conseguir chorar. Tenho medo de sentir medo. De nunca mais parar de pensar. Tenho medo que os meus pensamentos comecem a pesar dentro da minha cabeça. De não aguentar o peso deles. De nunca mais parar de pensar no medo que tenho.

É como se todos eles, os meus pensamentos, pudessem se juntar e formar um exército inimigo. Isso é assustador. Porque eles, os meus pensamentos inimigos, podem me derrubar a qualquer momento. Dou um Google para entender o que está acontecendo comigo.

Procurar doença na internet é coisa de gente maluca, Rosinha.

Desisto da ideia. Tenho medo de morrer sozinha deitada nessa cama, exatamente como aconteceu com a Julieta. Será que o coração dela disparou desse mesmo jeito? Eu não quero morrer sozinha. Não quero deixar meu pai sozinho. Ele bate na porta e eu não respondo. Então ele entra no quarto segurando um prato de misto-quente nas mãos. Sim, meu pai me abasteceu de comida nas últimas horas, como as mães daqueles adolescentes viciados em videogame fazem quando os filhos passam meses trancados em seus chiqueiros. Renato olha para mim com uma cara de susto. Eu devo estar pálida.

– Que foi? – ele pergunta.

Viro para o outro lado da cama e tento disfarçar. Porque não acho justo, depois de tudo o que aconteceu, ainda dar esse tipo de preocupação para ele.

– Nada. Só frio.

Meu pai chega perto. Meu coração ainda parece que vai explodir. Ele bate tão alto dentro de mim que mal consigo ouvir as palavras do Renato. Palavras que vem acompanhadas de lágrimas.

– Chega, Rosa. Não dá mais para você ficar aqui. Eu não sei mais o que fazer, filha. Eu também estou perdido.

Ótimo. Seja o que for que eu estou sentindo agora, ver meu pai chorar e ainda ouvir que ele está perdido não ajuda muito. Não são os pais que sempre devem saber o que fazer? Minha mãe sabia. Meu quarto não para de girar, e eu não consigo entender o que ele fala. Ou não quero entender.

– Sua avó vem dormir aqui amanhã à noite. Sei que ela te irrita, mas eu pedi ajuda.

Eu não respondo. Meu pai está perdido e chamou a mãe dele para ajudar. Quem é que eu vou chamar?

– Ela vai dar uma arrumada na casa e começar a empacotar a mudança. Vai ser melhor para todo mundo, filha. Lá na casa dela vai ser tudo menos complicado, você vai ver.

Eu não quero ver. Só preciso voltar a colocar meus dois pés no chão. Eu só queria poder chamar minha mãe de novo.

– Mãe! Manhêeeeee!

Meu pai olha para a minha cara. É só gritar bem alto a palavra mágica que a tontura vai subitamente embora. "Mãe. Manhêeeeeee." Ele espera que eu fale mais alguma coisa ou chore. Ele quer que a tal ficha caia. Eu endureço e olho para ele.

– Tá bom.

– Hã?

– Tá bom, eu mudo com você para a casa da vovó.

– Você não sabe como eu fico feliz de ouvir isso.

– Não, eu não sei. Não consigo imaginar de onde você tirou essa palavra agora. Felicidade?

Só concordei com essa mudança absurda por causa das lágrimas do meu pai. Mas me arrependi no minuto seguinte. Se a vida já tá osso agora, imagina em uma casa minúscula como aquela, com luz fraca e paredes pintadas de verde-claro?

É mais um dia gelado no fim de junho e como um ovo mexido no café da manhã. Acho que meu pai anda assistindo muito filme gringo e quer reproduzir aquelas cenas em que famílias felizes e apressadas comem ovos e cereais. Eu odeio qualquer tipo de cereal. E também não estou com nenhuma pressa para ir para o meu último dia de aula na Escola Americana.

– Acho que fizeram uma surpresa para você. Foi o que a diretora disse.

– Eu detesto surpresas. Você sabe, pai. Elas podem ser ruins.

Meu pai fica quieto. Ele tira os pratos da mesa, respira fundo e decide me dar conselhos. De repente, ele não está mais tão perdido assim.

– Tenta ser legal com eles, filha. Aquela escola foi a sua casa durante tanto tempo... São seus amigos.

– Aham.

As aulas passam e os olhares são sempre estranhos. Ninguém sabe o que dizer ou fazer. A morte tem dessas coisas. A professora de Biologia anuncia que hoje é meu último dia de aula aqui e os alunos batem palmas. Palmas? Eu não entendo. É como o *emoji* de parabéns quando você posta uma foto dizendo que foi bem em uma prova.

Eu não tive prova nenhuma. Minha mãe morreu e os meus colegas presumem que eu quero receber aplausos, porque todo mundo sempre quer aplausos.

Evento na biblioteca. A tal surpresa. A escola preparou um vídeo com os meus melhores momentos por aqui, com telão e tudo. Tipo aquele quadro cafona do Faustão, o Arquivo Confidencial. Minha mãe teria um ataque de risos se visse isso.

Que gente mais sem noção, Pitu.

Eu tento me segurar. A Jane assiste à introdução do vídeo e faz uma careta.

– Babacas.

– É. Babacas.

Muita gente aqui. O lugar está quente, um calor estranho no meio do inverno gelado. Muitas vozes abafadas e tênis brancos reunidos. Esse ano a moda é tênis branco. Suzana, a bibliotecária, tem um olhar cansado. Cansou de ver tênis brancos, alunos que não gostam de ler e mochilas caras. A biblioteca da Escola Americana é um lugar que foi pensado para agradar aos pais.

São eles os clientes dessa escola, filha. Tem coisa mais triste do que isso?

Clientes mesmo. O lugar era para ser acolhedor, mas é muito arrumadinho. Nenhum livro fora do lugar. Nenhuma mancha de café em cima das mesas de fórmica branca. Tudo muito limpo, sem coração. Estou com medo do que meu coração pode fazer comigo agora. Olho para o telão e vejo várias gravações antigas. Eu, por volta dos 7 anos, volto a ser uma caipirinha banguela. Levo um tombo na corrida do saco. Sou oradora da turma no quarto ano. Comemoro meu aniversário de 11 anos na classe e com um bolo ridículo com o rosto da Hermione. Ganho medalha com o time vermelho no campeonato interno. Passeio de mãos dadas com o Martim pelo pátio na primeira feira literária da escola. Ruídos na classe.

Procuro pelo Martim. Ele está de olho em mim com uma cara de choro. Viagem de estudo do meio no oitavo ano. Uma confusão de pais e mães desesperados porque vão se despedir dos filhos. Minha mãe foi junto com a gente nessa viagem. Me lembro de ter odiado a ideia. Quem quer viajar junto com todos os amigos da escola e a mãe? Eu não queria ir, quase inventei uma gripe. Julieta aparece de rabo de cavalo e toda sorridente no vídeo. A bota preta nos pés. Claro que meu coração dispara mais uma vez. Minha mãe está enorme, viva e feliz no telão.

Eu não consigo respirar no meio de tanta gente. Algumas pessoas choram. Quase todas. O chão não para de se mexer. O ar não chega. Inspira, expira, inspira, expira. Não dá certo. Corro para algum lugar onde possa encontrar ar. Estou sozinha no corredor da escola e sinto que vou desmaiar. O Martim aparece e me segura. Nós dois ficamos abraçados por um tempo longo, sem falar nada. Que bom, ele aprendeu a ficar quieto.

– Eu sinto muito, Ró. Eu vou sentir saudades.

– Eu também, Martim. Eu também.

Capítulo 7

Olho para as estrelas de papel grudadas no teto do meu quarto e não acredito que daqui a pouco tempo não vou mais poder ter meu céu particular. Elas ainda brilham muito, apesar de estarem lá desde o meu aniversário de 9 anos. Grudamos essa constelação no teto logo depois da festa que teve aqui em casa. Minha mãe quase caiu da escada. Nós brigamos por causa da posição da estrela maior. Ela queria colocar a estrelona bem no meio das outras e eu achei ruim. Gritei muito dizendo que o quarto era meu e o presente também. Foi nessa época que a coisa entre a gente começou a complicar. Eu brigava com ela quase todos os dias e sem motivo nenhum. Mas, na verdade, eu sabia que ela era o máximo. Um máximo difícil de alcançar. As outras mães não riam alto, não gostavam dos domingos e viviam com as caras enfiadas nas agendas dos celulares.

Minha mãe olhava para mim. Só que ela me olhava muito. Enxergava fundo todas as coisas que eu sentia e pensava. Então começou a dar ruim. No dia da briga por causa das estrelas no teto, ela me pediu desculpas. Acabou dormindo aqui, do meu lado, sem perceber. Nós dormimos muitas noites juntas enquanto meu pai levava os amigos e o tal rock progressivo para todas as cidadezinhas do estado de São Paulo.

Estou tentando dormir já faz um tempo, mas o sono não chega. Não quero pegar o celular na escrivaninha para não acordar as meninas. Sim, minhas amigas estão dormindo aqui em casa. Kellen e Serena, com seus pijamas de flanela e suas pantufas compradas na Disney. Não preciso nem dizer o que acho dessas pantufas.

Ainda bem que você não tem essa obsessão por princesas, Pitu.

Falei para elas que eu estou bem, segurando a onda, encarando a situação do meu jeito. Passei os últimos dias com a Jane, evitei os olhares de pena e os abraços apertados. Mesmo assim, as duas trocaram mensagens com meu pai e inventaram essa dormida aqui.

– Ró?

A Serena tá acordada. Ela sorri para mim com os dentes mais brancos do mundo e uma cara de quem está fazendo o maior esforço para ficar acordada.

– Oi?

– Perdeu o sono?

– É.

– Vamos ver *#TamoJunto*?

– Jura? Agora?

– Vai, Ró. É como você sempre diz: "*Reality* serve pra gente ter certeza de que está bem".

– Na verdade, era minha mãe que dizia isso. Eu só copiava.

Silêncio. Ela não sabe como responder.

Ouvimos um barulho estranho vindo do colchão da Kellen. Ela range os dentes. Silêncio. Mais rangida de dentes. Me sinto culpada por ter agido estranho com minha amiga.

– Tá, vem aqui pra minha cama. A gente vê baixinho no celular pra não acordar a Kel.

O *reality* é cheio de meninas de cabelo liso e comprido que fazem muito exercício para as coxas e meninos de coque samurai. Coques samurais já não tinham saído de moda? A moda é mesmo uma parada muito misteriosa. Eles bebem, brigam muito e se pegam o tempo todo. Estão confinados em uma casa com paredes de vidro e piscina com fundo infinito. De vez em quando, alguém faz uma baixaria e é expulso do programa.

Maratonamos uns três episódios seguidos e mesmo assim não consigo dormir. A Serena está capotada do meu lado. Não cabemos mais na minha cama como antigamente. Fico com a perna toda encolhida para não acordar minha amiga. Sinto o cheiro de shampoo vindo do cabelo cacheado dela, que é enorme e lindo, com os cachos mais cheios de volume que já vi na vida. Mas nem sempre foi assim. Quando a gente tinha 12 anos, a Serena veio passar uma semana aqui em casa. Os pais dela decidiram se separar e estavam em um momento tenso. A Serena ficava no meio da briga deles e começou a desenvolver um tique nervoso de fazer um barulho com a boca o tempo todo. Fiquei com pena da minha amiga e sugeri que ela ficasse na minha casa por uns dias. Minha mãe liberou e acho que os pais dela ficaram aliviados, pois assim poderiam tretar em paz.

Serena veio de mala e cuia e os dois primeiros dias foram muito divertidos. Mas, na terceira noite, as coisas mudaram. Eu me lembro que a gente tomou banho rápido para comer pizza e seguir maratonando *I-Carly*, nossa série favorita naquela época. Mas ela se trancou no banheiro para fazer chapinha no cabelo e não saía de lá de jeito nenhum. Eu batia na porta a cada dois minutos.

– Calma, Ró. Já tô acabando.

Mais dez minutos de espera e nada. Eu estava ficando cada vez mais impaciente.

– Serena, vem logo! Eu tô ficando com sono.

Nós discutimos alto por causa da demora dela. Minha mãe entrou na história e quis saber por que a Serena fazia chapinha no cabelo todo dia.

– Sei lá. Minha mãe tem o cabelo liso, e ela acha assim mais bonito.

– E você, Serena? O que você acha?

O resultado dessa pergunta virou uma conversa séria, um discurso, uma atitude que mudou a vida da minha amiga... Com a ajuda da Julieta, Serena lavou a cabeça de novo e redescobriu seus cachos para sempre. O mais legal é que ela nem precisou convencer a mãe, que gostava do cabelo dela sempre bem liso e chapado, mas que naquele momento estava ocupada demais discutindo os termos da separação.

Lembro como se fosse hoje dos gritos de felicidade no banheiro de casa, a Serena sacudindo os cachos na frente do espelho.

– Tá lindo, Julieta! Meu cabelo tá lindo!

Até aí, é uma história feliz, eu sei. Mas, para mim, o clima pesou porque a Serena ficou superagradecida depois do episódio do cabelo e nunca mais parou de puxar o saco da minha mãe. Naquela mesma noite, elas grudaram uma na outra. Minha amiga desistiu de ver série comigo e foi para a cozinha lavar a louça do jantar. Acho que a Serena nunca tinha lavado um prato na vida. Claro que a Julieta achou lindo ensinar uma pobre menina rica a ensaboar um prato marrom velho e sem graça. E eu fiquei morrendo de ciúmes.

Sempre entendi o fascínio que minha mãe exercia sobre minhas amigas e sobre todas as pessoas do mundo. Mas ela era minha mãe. A Serena era minha amiga. E uma coisa não devia se misturar com a outra de jeito nenhum. Deixei a Serena lavando louça com a Julieta e fui dormir.

Os outros dias com a Serena em casa foram mais tensos. Passei o tempo todo tentando afastar as duas ou falando coisas horríveis para minha mãe. Desejando que ela morresse. Ela morreu. E eu estou aqui, admirando os cachos volumosos da Serena porque um dia a Julieta decidiu libertar minha amiga da prisão da chapinha. Meu coração aperta de saudade. Acho que é por isso que ando querendo ficar longe das meninas. Elas me lembram demais da minha mãe. Ou de um tempo em que meu único problema era ter ciúmes dela com minhas amigas. Sinto um negócio na garganta. Tipo um arame farpado dentro da minha traqueia.

– Serena?

Ela não responde. A Kellen range os dentes de novo.

– Serena?

– Oi?

– Seu cabelo é mesmo muito, muito, muito, muito lindo.

Capítulo 8

A casa já está quase toda dentro de caixas. Não fiz muito esforço, porque minha avó veio para ajudar a gente e fez questão de dar conta de quase todo o serviço. Ela, meu pai e a vizinha calada que ainda não me disse o nome dela. Eles recolheram milhões de caixas de papelão na frente do prédio e jogaram tudo dentro delas em pouco tempo.

Maria Célia, mãe do meu pai, é uma mulher com muitas certezas e uma bochecha que dá vontade de apertar. Mas minha avó está bem longe de ser fofa, apesar da aparência de tia querida que frequenta a missa e ajuda todo mundo. Ela é mandona, pessimista, meio bêbada nas horas vagas e só fala de si o tempo todo. Quase não entendo como é que topou receber a gente na casa dela por tempo indeterminado. Porque ela ocupa tanto espaço que não imagino como vamos caber naquele lugar minúsculo. Aliás, eu não quero nem pensar a respeito dessa mudança. Topei ir porque não tinha muita escolha, e não queria dar mais motivos para o meu pai chorar.

Tenho ficado com um ranço cada vez maior do choro das pessoas. Queria que substituíssem as lágrimas por alguma coisa mais útil, tipo trabalho voluntário em alguma ONG.

Você não tem vontade de doar um pouco do seu tempo para ajudar os outros, Rosinha?

Tenho, mãe. Mas de onde é que eu tiro forças? Estou completamente quebrada, você sabe. Não, eu que sei. Sou forte, muito forte.

Estou deitada no sofá e acompanho um diálogo absurdo que vem da cozinha. Minha avó e meu pai falam sobre potes de plástico.

– Como assim, eles não prestam, mãe? Vamos levar sim.

– Eu não falei que eles não prestam. Só disse que em casa já tenho muitos. Não precisa de mais.

– Os seus são antigos, mãe.

– Por isso mesmo. Os antigos são melhores. Eu vivia falando para a Julieta não comprar essas pecinhas baratas, elas estragam rápido demais.

Silêncio na cozinha. Estou entendendo tudo. Minha avó desenterrou a raiva gigantesca que existia entre ela e Julieta. Minha mãe, que está enterrada. Meu pai deve estar se afogando em lágrimas.

Eu me lembro do dia em que percebi que a relação delas não era nada boa. Café da manhã em casa. Meus pais brigavam por causa de uma festa que teria na casa da minha avó no final de semana seguinte. Ele queria ir, ela não. Minha mãe estava decidida.

– Ninguém vai sentir minha falta, eu tenho certeza.

– Eu vou sentir a sua falta.

– Então fica aqui.

– Não dá. É churrasco da minha família. Por favor?

– Não, não rola. Eu não quero passar a noite toda cortando cebola para o vinagrete!

– Hã?

– Você nunca reparou como são os churrascos na sua família? Os homens cuidam das carnes e falam as coisas mais machistas e misóginas que eu já ouvi, enquanto as mulheres preparam o vinagrete e falam mal das outras que não estão ali com cheiro de cebola nas mãos.

– Pelo menos não precisa ouvir o papo machista.

– Claro que preciso. Porque suas primas, tias e antigas namoradas também são as mulheres mais conservadoras que eu conheço. Sem falar na sua mãe. Sabe o que ela me disse da última vez que esteve aqui?

– Sei. Que achava um absurdo você jantar sozinha antes de eu voltar para casa. Você não me deixou esquecer.

– Como é que alguém pode esquecer disso, né? Fim de papo. Eu não vou.

Fiquei quieta, como costumava fazer em todas as brigas deles, que não eram poucas. A cozinha também está quieta. De repente, minha avó quebra o silêncio com sua voz de fumante.

– Olha, ficou uma camiseta da Julieta no varal. Vamos dar um jeito nela antes que a Rosinha encontre. Precisamos poupar essa menina.

O discurso mudou. Ninguém quer saber mais como estou reagindo nem espera pelo meu choro dramático, que nunca saiu. Agora querem me poupar. Ao ouvir isso, corro para a lavanderia e arranco do varal a velha camiseta do Los Hermanos que minha mãe usava para dormir. Meu pai e minha avó ficam só olhando.

Vou para o quarto e procuro Los Hermanos no Spotify. Nunca achei que fosse fazer isso na vida. Eu sempre amei odiar essa banda horrorosa, a preferida da Julieta. São quatro tiozinhos que se acham superprofundos. Mas a música que escuto agora me deixa em um estado que não sei explicar. Presto atenção na letra pela primeira vez.

"Adeus você, eu hoje vou pro lado de lá. Eu tô levando tudo de mim, que é pra não ter razão pra chorar. Vê se te alimenta e não pensa que eu fui por não te amar.

Cuida do teu, pra que ninguém te jogue no chão, procure dividir-se em alguém, procure-me em qualquer confusão, levanta e te sustenta e não pensa que eu fui por não te amar."

Visto a camiseta por cima da regata e canto baixinho:

"Quero ver você maior, meu bem. Pra que minha vida siga adiante, pra que minha vida siga adiante."

No meio do que parece ser um delírio, escuto a voz do Martim no meu quarto.

– Vim me despedir de novo. Seu pai falou que eu podia entrar.

"Adeus você, eu hoje vou pro lado de lá."

Sem pensar muito, ou melhor, sem pensar em nada, eu bato a porta do quarto e agarro meu ex-namorado. O beijo é exatamente como todos os outros que demos nesses últimos anos. Rápido, com a respiração acelerada e a vontade de não parar. Dessa vez, eu não paro. Nem ele. Transformamos o beijo apressado em uma primeira vez desajeitada. A nossa primeira vez. É estranho, como tudo agora. Ele tira uma camisinha da carteira com uma certa pressa. Eu sigo com o coração despedaçado e a vontade de não pensar em nada. E não pensamos muito, só deixamos a coisa rolar. Rolou desse jeito meio diferente. Porque a gente nunca tinha feito isso antes, porque minha avó estava na cozinha separando potes de plástico, porque minha mãe morreu e tudo mudou muito rápido, ou porque não era para ser, mas foi mesmo assim.

Eu e o Martim passamos muito tempo falando sobre a nossa primeira noite. Que acabou sendo uma tarde. Esse é o grande problema de falar ou pensar demais. Quando a coisa acontece, é sempre meio decepcionante perto do que a gente imagina. Imaginação é tudo nessa vida. Estamos os dois em pé, encostados na porta do meu quarto. E eu com a blusa do Los Hermanos por cima da regata. Patético. O Martim parece mais sem graça do que eu.

– Isso quer dizer que a gente voltou?

Ele está sendo sincero. Juro que queria poupar o menino pelo qual eu daria um braço e uma perna antes de tudo acontecer. Mas tudo aconteceu. Ninguém me poupou. Eu não preciso poupar ninguém.

– Isso não quer dizer nada.

– Ró, como assim? A gente finalmente fez amor!

– Fez amor, Martim?! Quem é que fala assim?

– Não sei nem o que dizer.

Ele se veste rápido. Fica de costas para mim e olha para a janela.

– Então não fala nada – respondo.

Martim olha para a minha cara mais uma vez. Acho que ele vai chorar. Não, ele já está chorando. Como assim? Do que são feitas essas pessoas? Açúcar?

Ele sai do quarto sem se despedir. Não bate a porta porque é fino demais para isso. Fico pensando no que rolou. O sujeito tem 16 anos e fala que acabou de fazer amor. Não, Martim. Não existe amor nessa merda de mundo.

Enquanto penso nesse outro clichê, explodo em um riso alto, quase histérico. Meu pai corre para o meu quarto e tenta me abraçar. Eu me afasto.

– Você não sabe como é bom ouvir essa gargalhada.

– Eu sei. Parece a risada dela, não parece?

Capítulo 9

— Até parece que eles vão ficar juntos de novo. Isso é pra vender notícia.

— Não é, não. O Brad Pitt e a Jennifer Aniston foram feitos um para o outro.

Serena e eu estamos esparramadas no sofá da casa do pai dela em mais uma tentativa das minhas amigas de me resgatar do que apelidaram de "luto silencioso". Luto silencioso é um nome chique para o que elas acham que estou sentindo agora. Ou meio ridículo, porque lembra os livros de autoajuda espalhados por todos os cômodos das casas delas. Eu não preciso desses malditos livros e nomes. Também não aguento mais ouvir falar desse casal de Hollywood enquanto uma empregada silenciosa serve a gente de pão de queijo.

— De verdade, gente. Vocês não acham meio esquisito gastar tantas horas da nossa vida falando da relação amorosa de duas pessoas que nem conhecemos?

A Serena vê uma deixa perfeita na minha fala.

— Então vamos falar de outra coisa, Ró. Vamos falar do que realmente importa. Vamos falar de quem a gente acabou de perder.

"A gente"? A gente quem, pelo amor? Sério, que relação elas acham que tinham com minha mãe? Eu olho enviesado para Serena. Ela sorri para mim e tenta me abraçar. Me afasto. As duas ficam na expectativa. Silêncio. A empregada entra de novo e, dessa vez, fala com a gente.

– Posso pegar a bandeja?

Bandeja. Juro que eu tô na casa do pai de uma amiga que tem empregada em pleno século 21. E uma bandeja.

Já imaginou o que vai acontecer com essa gente no dia em que tiverem que limpar a própria privada, filha?

A Serena sorri para ela, acena com a cabeça e não responde. Empregada e bandeja vão embora. Serena sorri de novo.

– E se a gente descesse para tomar sol? Tá fraco, a gente ativa a vitamina D.

– Eu não trouxe biquíni.

– Eu te empresto aquele roxo que você adora.

O sol de julho não tem graça nem emoção. Estamos na área da piscina do prédio, que cheira a cloro e desinfetante. Gente rica tem a maior mania de limpeza. É mesmo uma coisa essencial para eles. Uma babá vestida de branco fica de olho em um menino que está na parte rasa da piscina. Ele deve ter uns 8 anos. Quando eu tinha essa idade, já ia na padaria sozinha, já fazia minha lancheira para a escola e não precisava mais que papai e mamãe me cobrassem a lição de casa. Eu também já sabia dar cambalhota de costas e falava algumas palavras em espanhol.

Hay que endurecerse, pero sin perder la ternura jamás.

O menino continua parado no raso. O que será que ele sabe fazer? Minhas amigas falam de *frizz* no cabelo, fichários, estrias e todas essas coisas superimportantes que podem mudar o mundo. Eu fico quieta. De vez em quando, elas pedem minha opinião.

– O que você acha, Ró?

– Do quê?

– Daquela história que inventaram sobre a Bianca. Os cortes que ela supostamente faz na coxa, sabe?

– Eu acho que isso não é da nossa conta.

Ficamos quietas por um tempo. Eu sei que elas não vão responder ou brigar comigo. Um cara que deve estar na faixa dos 40 anos se aproxima e puxa uma cadeira bem do nosso lado. Isso porque tem um monte de lugar para ele se espalhar.

– Gostoso esse sol de julho, né?

Lá vem. Quarentão sem noção querendo intimidade com a gente. Eu não tenho paciência.

– Não, eu acho uma merda.

O sujeito fica confuso. Coça a careca. Tira o chinelo dos pés e deita na cadeira.

– Desculpa, não entendi.

Claro que ele entendeu. Só não está querendo admitir que levou um toco de alguém com menos da metade da idade dele. Eu não deixo barato.

– Entendeu sim, tio. Você fez um comentário ridículo sobre o sol de julho ser gostoso. E eu respondi que não, eu acho o sol de julho uma merda.

Ele faz uma careta, pega o livro de autoajuda, o chinelo e vai embora sem falar nada. Dou risada sozinha. Minhas amigas não me acompanham. Depois de um tempo, estranho o silêncio e a falta de humor delas.

– Que cara mais patético. Vocês não acharam engraçado?

A Serena me olha com uma cara meio estranha.

– Não muito, Ró. Era o tio Aléssio, melhor amigo do meu pai. Você não lembra dele? É o síndico aqui do prédio.

– Ele é seu tio de verdade?

– Não.

– Então por que você chama ele assim?

– Não sei. Costume. Conheço ele desde criança.

– Você lembra que minha mãe não deixava que nenhuma aluna ou amiga minha a chamasse de tia? Lembra? Ela achava ridículo.

Ficamos quietas mais uma vez. Eu me arrependo da patada que acabei de dar e pulo na piscina. A água está absurdamente gelada. Dou duas ou três braçadas e não decido se é melhor o gelo desse lugar ou a falta de assunto com as meninas. Meus dentes começam a bater de frio. Eu me aproximo do menino de 8 anos, que continua parado olhando para a babá.

– Você já sabe dar cambalhota de costas?

Ele não me responde. A babá olha feio para o garoto e fala alguma coisa sobre responder e ser educado. Volto para o lado das minhas amigas e me enxugo com a toalha gigante da casa do pai da Serena. Sempre quis ter uma toalha gigante assim.

A gente não precisa de nada disso, filha.

É o que eu ouvia da boca dela quando voltava da casa das meninas, deslumbrada com o tamanho das toalhas ou com qualquer outra coisa besta que, naquela hora, parecia fazer a maior diferença. A Kellen começa a chorar. Um choro alto e estridente. Me sinto muito culpada por isso.

– Desculpa, Kel. Sei que não tenho sido fácil. Eu sei que vocês sentem a falta dela também.

Serena abraça a Kellen com força enquanto olha para mim.

– Não é isso. Não é por causa da sua mãe, Rosa.

– O que aconteceu?

– Os pais dela vão se separar. Eles já estão falando com advogados.

Eu tento ter empatia, pena, compaixão ou qualquer outro sentimento desses que as pessoas falam que a gente tem que ter, mas não consigo.

Meu estômago fervilha com alguma coisa que só pode ser raiva. Como assim, ela está chorando porque os pais vão se separar? Eles não se suportam faz anos. Toda vez que a gente ia na casa dela, eles estavam brigando. O tempo todo. Minha amiga devia estar feliz que esses dois adultos patéticos resolveram colocar um fim em uma relação horrorosa.

Mas não. Ela ainda é uma adolescente cheia de hormônios e não precisa entender nada. Então, ela chora. A real é que essas duas nunca precisaram fazer qualquer tipo de força. Veio tudo pronto, pasteurizado e mastigado. A louça lavada. O cabelo chapado. A cama arrumada. Não tenho mais paciência para isso. Cansei da Jennifer Aniston, das toalhas grandes, das bolachas chiques e do drama classe-média-sofre das minhas amigas. Cansei muito. Minha mãe morreu e eu estou aqui firme, com os dois pés no chão. E a Kellen e a Serena estão abraçadas.

– Kel, minha avó precisa de ajuda para empacotar as coisas. Eu vou indo. Fica bem, tá? A gente se fala.

As duas continuam chorando. Eu vou embora.

Capítulo 10

Passo muito tempo fora de casa agora, o apartamento vazio está ficando deprimente e a Maria Célia não me dá um tempo. Eu e a Jane estamos sentadas na mureta de uma praça no centro da cidade. Minha mãe adorava esse lugar.

Gente da melhor qualidade, Pituca.

Ficamos as duas quietas, só olhando o movimento. Tem um cara barbudo e melancólico tomando cerveja em um boteco. Acho que sempre esteve ali. Ele nasceu sentado na cadeira de metal daquele bar. Passa os dias pensando no livro que não escreveu, na árvore que não plantou e no filho que não teve. Eu sinto pena.

No meio da praça, um menino de *dreads* exibe para a gente algumas manobras toscas no skate. Ele não usa tênis branco, tem uns furos na camiseta e deixa metade da cueca para fora da bermuda. Sempre tive bode de gente exibida. E daí que ele sabe dar seus pulos com o skate? Eu sei desenhar bem, muito bem. Nem por isso vou pegar uma folha sulfite e esfregar meus rabiscos na cara de qualquer pessoa. Mesmo porque perdi completamente a vontade de desenhar desde que tudo aconteceu. O mundo não combina mais com as cores dos meus lápis.

A Jane desce da mureta sem falar nada. Um grupo de mulheres atravessa a praça com uma caixa enorme nas mãos. São pedaços de tules, panos e uns chapéus engraçados. Figurinos de teatro, certeza. Escuto um pedaço da conversa delas.

– E por que a gente não pode deixar a caixa lá mesmo?

A outra, uma mulher trans, linda e com uma roupa que eu queria para mim, responde.

– Porque os alunos vão usar a sala.

Se fosse em outro tempo, eu pularia da mureta e ofereceria ajuda para elas. Sempre fui alucinada por pessoas do teatro.

Elas vivem várias vidas e parecem mais felizes que a gente, Rosinha. Você não acha?

Não sei. Agora só acho que não consigo oferecer ajuda para mais ninguém. Com muito custo, as mulheres carregam a caixa até o meio do quarteirão e entram na escola de teatro. Eu procuro pela minha amiga. Cadê a Jane?

Uma mulher baixa, com a franja cortada quase no fim da testa, chega perto de mim.

– Parece que você está precisando conversar.

– Não mesmo.

Conversar, conversar e conversar. É só isso que as pessoas querem fazer, até as desconhecidas. O que aconteceu com aquela gente muda e egoísta que não conversa mais e passa o dia inteiro com a cara enfiada no celular? Aparentemente, essa galera sumiu. Agora, todo mundo quer falar. Falar comigo. A moça aponta para um grupo no lado oposto da praça. São pessoas por volta dos 30 anos que estão sentadas em cadeiras de praia de frente para outras pessoas, também sentadas em cadeiras de praia.

– Nós somos psicanalistas e fazemos consultas aqui na praça.

– Legal.

– Na verdade, não são consultas, a gente chama de sessões.

– Entendi.

Ela tira um cartãozinho do bolso e me entrega. Pelo amor, cadê a Jane? Como ela sai assim, sem falar nada? A moça da franja curta sorri.

– Então, se você estiver a fim de tentar, a gente fica ali, consultório ao ar livre mesmo. É de graça.

– Valeu. Mas eu tô de boa.

– Tá. Qualquer coisa, meu nome é Vanessa.

– Obrigada, Vanessa.

Eu guardo o cartão no bolso e ela vai embora. O menino de *dreads* para de andar de skate, olha para mim e dá um sorriso meio besta, desses no canto da boca. Ele ensaia um passo, acho que vem na minha direção. Jane, cadê você? Pego meu celular e faço cara de pessoa antipática e egoísta que fica o dia inteiro *stalkeando* os *crushes* nas redes sociais. Nunca pensei muito sobre isso, mas me dá vontade de apagar meu perfil no Instagram. Cansei dessa bobagem toda.

Pra que esse tanto de foto com língua para fora?

Ela tem razão. Não, ela tinha razão. Perda de tempo absurda. Não sei nem por que decidi abrir uma conta nesse negócio. Ou sei. Eu fazia tudo para ser diferente dela. Ou para irritá-la. O menino não se aproxima. Ele sobe a bermuda, esconde um pouco os pentelhos e cospe no chão. Eca. Quem vai querer falar com você agora, garoto nojento? O barulho das manobras de skate recomeça. Eu volto para o Instagram, deixo para apagar o perfil mais tarde. A Jane volta.

– Cervejinha? O tio do bar fez duas pelo preço de uma e meia.

– Valeu.

Ficamos uns dez minutos em silêncio com as bebidas na mão. Tomo bem devagar, porque detesto cerveja. Sempre detestei, na verdade. A real é que, para mim, tem gosto de xixi. Mas fico com vergonha de falar isso para a Jane, então pego a garrafa e tomo bem devagarzinho. O mormaço tá bombando e estou sem protetor solar no rosto e nos braços. Era o tipo da coisa que minha mãe não me deixava esquecer. Um troço que eu vou ter que me lembrar de fazer de agora em diante, porque os pais não costumam se preocupar com essas coisas, fato. Não que meu pai seja um churrasqueiro careta, barrigudo e fantasiado de legal. Ele não é assim. Meu pai cozinha superbem e sabe pendurar roupas no varal como ninguém. Ele adora fazer faxina, fica horas com a vassoura na mão ouvindo discos antigos de rock progressivo. Quando toca Rush lá em casa, certeza que é dia de faxina. Mas ele é meio desligado e nunca se preocupou com detalhes como protetor solar ou shampoo para cabelos oleosos, que é o tipo de cabelo de quase toda adolescente.

– Mano, aqueles caras ali trouxeram até cadeira de praia para tomar sol na praça. Profissas.

A Jane ri dos psicanalistas e seus pacientes.

– Eles são psicanalistas.

– Como você sabe?

– Uma moça veio falar comigo. Acho que é tipo um programa voluntário, atendem de graça aqui na praça.

– Vamos lá?

– Hã?

– Vamos ser analisadas?

– Sério?

– Não muito. Bora tirar uma com eles. Detesto psicanalistas. – A Jane não espera minha resposta e me puxa pelas mãos. – Vem. Vai ser louco.

– Não!!! Eu não quero.

Ela não me dá ouvidos. Eu não sei mais falar "não". De uma hora para outra, estou sentada em uma cadeira de praia de frente para uma moça de franja curta, com uma cerveja quente nas mãos. Ela sorri, mas é um sorriso sério.

– E então?

Eu não respondo. Ela insiste.

– Por que você mudou de ideia?

– Foi minha amiga que me obrigou.

Olho para a Jane, que está sentada em uma cadeira de praia de frente para um moço de boina vermelha. Completamente muda. Me dá vontade de rir. A Vanessa me interrompe.

– E você não quer falar nada?

– Não.

– Tá. Não tem problema.

A moça me encara e eu desvio o olhar. Ficamos alguns segundos em silêncio. O cara do skate foi embora e a praça está estranhamente vazia. Eu quero levantar, mas alguma coisa me prende nessa desconfortável cadeira de praia. Agora, o cara tenta falar com a Jane, mas minha amiga não responde. O céu está cheio de nuvens. Ficou escuro e eu nem percebi. Dou um sorriso sem graça para a psicanalista que não contratei e resolvo interromper esse silêncio estranho.

– Acho que vai chover.

– Tem certeza que você quer falar sobre o tempo?

Eu não respondo. A Jane faz uma careta para o cara. A moça não para de me olhar. Pingos de chuva começam a cair.

– Você tem o que, uns 15, 16 anos?

– E você tem o que, uma bola de cristal?

– Não. Mas eu tenho experiência em trabalhar com adolescentes.

Fico quieta. Mais pingos de chuva, que agora estão supergrossos. Mais silêncio. Mais Jane trolando o moço da boina. Eu quero sair daqui e não consigo. Estou grudada nessa cadeira de praia. Não quero falar nada. Ela fala.

– Eu sei como essa fase pode ser delicada.

– Que fase?

Trovão. Silêncio. Sorriso irônico da psicanalista. Gotas de chuva mais grossas. Vento forte. Franja da psicanalista bagunçada por causa do vento. Suor frio. Jane gargalhando na frente do moço de boina. Silêncio. Choro que não vem. Praça vazia. Chuva. Outro trovão. Mais chuva. Gente que passa correndo para fugir do temporal. Do que são feitas essas pessoas, de açúcar? Silêncio. Eu grito com a mulher da franja.

– Minha mãe morreu e é como se eu não conseguisse mais existir sem ela. Não sei andar, respirar, falar, todo mundo só quer conversar, eu acho que vou morrer quase todos os dias, fico sem ar, parece que minha cabeça vai explodir.

Uma mão quente aparece de repente sobre os meus ombros e eu tremo. É a Jane, que me puxa violentamente para fora da sessão que eu não queria fazer.

Nós duas corremos e rimos debaixo da chuva. A chuva vira temporal e a nossa risada vira gargalhada. Uma gargalhada alta, daquelas que fazem a gente chorar. Chorar de rir. De longe, a mulher de franja curta olha para mim. Ela está parada, como se não sentisse a chuva. Parece uma imagem de filme de terror. Vanessa acena e grita para mim.

– Meu telefone está no cartão. Me liga!

Capítulo II

Pingos grossos de chuva caem na minha cabeça. Água quente, abundante, tipo temporal de verão. Mas estamos em julho.

Tá tudo muito esquisito nesse mundo, não tá?

Claro que está, porque você foi embora. Não é natural, nunca vai ser. A chuva me leva para um lugar que eu não queria ter que voltar. Uma noite escura e barulhenta, um temporal de verão. Verão de verdade. Acordei assustada com os granizos que batiam na janela do quarto. Eu tinha 7 anos e fiz o que qualquer criança pequena faz quando sente medo. Eu te chamei, mãe. Gritei por você muitas vezes.

– Mãe, mãe, manhêeeeeeeeee, mamãe!

Você não estava lá. Então, eu me encolhi e chorei. Da sala, veio um ruído estranho, depois outro, e mais outro e mais outro. Eu fechei os olhos e tentei lembrar do final da história do coelho falante que você me contava toda noite, mas não adiantou. No meu desespero, lembrei que meu pai estava viajando e que você tinha saído com as professoras da escola.

Naquela noite, Maria Célia tinha ido dormir lá em casa para cuidar de mim. Eu consegui levantar da cama e acender a luz, mesmo com as duas pernas tremendo. Da sala, vinha uma risada estranha. Fui até lá, a TV estava ligada bem alto, tinha duas latas de cerveja vazias na mesa de centro e nada da minha avó. Ela não estava cuidando de mim. Coloquei um desenho e consegui me distrair. Embarquei na história das *Meninas superpoderosas*, meu sonho era ser a Docinho. Mas superpoder nenhum me ajudou quando acordei no sofá pouco tempo depois, ainda sozinha em casa. Foi desesperador. Interfonei para o porteiro e perguntei sobre a minha avó. Ele disse que a Maria Célia tinha saído fazia muito tempo e perguntou se eu precisava de alguma coisa. Eu precisava de você, mãe. Precisava muito de você. Preciso muito de você. Depois de algum tempo andando pelos cômodos da casa, vi que minha avó tinha esquecido o celular em cima da pia do banheiro. Para quem eu tinha que ligar? Para a polícia, para o meu pai, para a Docinho? Não. Era para você, sempre você.

Na geladeira tinha um papel grudado com os números dos telefones úteis. Eu te liguei e você não atendeu. Insisti muitas vezes e nada. Na televisão, a reprise de um jornal falava de sequestros-relâmpago nos grandes centros urbanos. Sequestros-relâmpago. Eu não sabia direito o que era um grande centro urbano, mas sequestro era uma coisa que me assustava muito. Não, aquilo não poderia ter acontecido com você. A gente não ia ter dinheiro para pagar. Eu te liguei de novo, de novo e de novo. Não pensei em ligar para o meu pai. Não pensei no que poderia ter acontecido com minha avó. Eu só queria saber o que tinha acontecido com você. Chorei tanto, mas tanto, tanto...

A porta do meu quarto bateu com força por causa do vento. Eu parei de chorar e dei um grito muito assustado. Acho que foi um grito bem alto, porque a campainha tocou e o vizinho, aquele que você detestava porque não segurava a porta do elevador pra gente, gritou superassustado também.

– O que está acontecendo aí?

Eu abri a porta para ele, que usou o celular da minha avó para chamar a polícia. Eu não queria mesmo ter que voltar para esse lugar, mas estou aqui de novo. Lembro de cada detalhe daquela noite. O gosto da água com açúcar que o vizinho me deu para beber enquanto eu gritava, chorava e tremia. Meu vômito. A cara de nojo dele. As perguntas que o policial me fez.

– Com que roupa sua mãe saiu?

– Quem bebeu essas garrafas de cerveja?

– A sua mãe bebe toda noite?

– Onde está o seu pai?

– Eles sempre fazem isso?

– E a sua avó, alguma ideia de onde ela pode ter ido?

– Ela tem algum problema mental?

Nunca entendi por que as situações mais terríveis das nossas vidas sempre vêm acompanhadas de tantas perguntas. Perguntas que eu não tenho como responder. Mas, agora, percebo que aquela foi a primeira vez que te perdi. E, por algumas horas, minutos ou segundos, tive uma ideia do que seria viver a vida sem você. A vida sem você não é vida, mãe. Também acho que foi naquela noite que você passou a odiar a Maria Célia para sempre e eu peguei um bode profundo da minha avó.

Não me esqueço do susto que ela levou quando chegou em casa, viu a polícia e ouviu da sua boca os palavrões mais cabeludos que uma pessoa do seu tamanho era capaz de dizer. Dá pena de lembrar. A mulher trançava as pernas, falava com uma voz totalmente transformada pela bebida. E o abraço que você me deu quando chegou um pouco antes do que ela? Não foi um abraço qualquer. Você nunca dava um abraço qualquer. Toda vez me apertava como se eu fosse a pessoa mais importante do mundo. Você era a pessoa mais importante do mundo. Do meu mundo.

Abraço é uma coisa muito séria, Pitu. A gente não pode desperdiçar.

– Tá de boa, Rosa?

– Aham. Por quê?

– Você tá ainda mais quieta do que o normal.

– Ah, falou. Você é mais quieta do que eu.

– Nem a pau. Vamos conversar. Começa aí um assunto.

– Você é mãe solteira, Jane?

– Hã?

Ficamos quietas de novo. Andamos por ruas, ladeiras, pontos de ônibus e praças. A chuva parou. Estamos em uma estação de metrô, tentando pegar o acesso para o trem que vai até a minha casa. São muitos andares de escada rolante para subir e o lugar está lotado porque já são seis da tarde. As pessoas, que estão exaustas depois de um dia cansativo de trabalho, andam juntas, grudadas e no mesmo ritmo, como se fossem gado. Uma senhora velha tropeça para entrar na escada rolante e ninguém ajuda. Aquilo parte meu coração, mas estou longe dela e não consigo fazer nada. E o gado também não faz nada, porque está cansado. Eu já passei por isso milhões de vezes na vida, mas hoje é diferente.

Minha roupa está molhada. Minha garganta dói. Eu me sinto mais sozinha do que na noite em que minha avó saiu para beber e me deixou dormindo. Uma menina coloca o celular para cima e grava a cena do pessoal andando no mesmo ritmo. Que coisa mais deprimente. Que graça tem ver o povo sofrendo espremido em uma estação de trem no final da tarde?

Esse mundo já era, Rosinha.

Já era, sim. Isso aqui não é um filme de ficção, é a vida real. Que vontade de dar uma porrada na cara dessa menina. Tento prestar atenção no vídeo dela, mas não dá certo. Alguém pisa no meu pé. A Jane está se divertindo com a situação. Para uma garota que tem dinheiro como ela, pegar o transporte público cheio é uma experiência. Ela sorri.

– Radical, né?

Radical? Para mim, sempre foi a realidade. Mas, agora, as pessoas me incomodam. Aflição de estar presa aqui no meio delas. Minha roupa está gelada e não tem rota de fuga. Espaço. Luz no fim do túnel. E se cair um pedaço da plataforma, como já aconteceu nessa mesma linha? E se rolar arrastão? E se um abusador resolver me encoxar aqui? Eu não consigo nem mexer minha mão direita para tirar catotas do nariz. E se começar um incêndio? E se uma criança se perder da mãe? Já imaginou, uma criança pequena sozinha no meio desse tanto de gente?

A criança olha para o lado e não reconhece ninguém, porque aqui só tem pessoas estranhas e sem expressão que querem chegar logo em casa. Então ela grita pela mãe, que soltou sua mão sem querer e já está em outro lugar. Um lugar que não tem nome e que ninguém sabe explicar.

A criança grita de pavor e chama pelo pai. Mas o pai se distraiu ouvindo uma música bonita no celular e se perdeu na multidão, bem lá atrás. Porque é isso que os pais fazem: se distraem e não alcançam as crianças pequenas. Eles nunca estão lá na hora em que têm que estar. A criança olha para cima e vê uma massa de pessoas distraídas andando no mesmo ritmo. Ela grita e ninguém escuta. Tenta correr, mas tem uma família com outras doze crianças na frente. As crianças estão felizes, de mãos dadas, com uma mãe sorridente e um pai presente. Não enxergam a menina sozinha. Então, ela para. Aos poucos, vai sendo pisoteada por muitas pernas e braços de pessoas que não sabem que ela está ali. Por favor, menina, sai daí. Corre. Se defende. De repente, ela me vê e olha bem fundo nos meus olhos, como se me pedisse ajuda. "Vai, Rosa. Me defende. Cuida de mim." Por um instante, tudo fica preto. Coço os olhos para enxergar melhor, mas a menina não está mais lá. Não pode ser. Cadê você, menina? Eu te ajudo!

A Jane percebe que tem alguma coisa errada comigo.

– Tá tudo bem?

Faço que não com a cabeça. Ela agarra bem forte a minha mão, como se estivesse me salvando de uma areia movediça, e grita bem alto.

– EU ESTOU AQUI!

– Eu sei.

– Então relaxa. Eu estou aqui.

Subimos de mãos dadas as escadas que faltam. Não sinto as pernas, os braços ou o peso da mochila que carrego. Não sinto nada. Só um medo gigantesco de ver os olhos tristes daquela menina de novo ou de morrer aqui, no meio dessas pessoas cansadas, robotizadas e arranhadas pela vida. Eu não quero morrer aqui. Não aqui.

Estou com medo de ter medo de novo. Um ar gelado sopra dentro de mim. Sou guiada pelas mãos da Jane e só escuto meu coração bombardeando o resto do corpo. Minha amiga não para de repetir que está aqui. Fala isso algumas vezes. Finalmente entramos no trem, mas tudo ainda parece uma cena de filme de terror. Quando as portas do vagão se fecham, meu coração salta do peito para o ouvido e me deixa momentaneamente surda. Eu grito.

– Não!

– O que foi?

– Eu não quero ficar presa aqui dentro!

A Jane aperta minha mão e me diz para olhar bem no fundo dos olhos dela. Enquanto encaro as pupilas castanhas da minha amiga, ela respira bem devagar e me pede para respirar junto. Desvio o olhar para a porta do trem e sinto meu braço formigar. Ela vira meu rosto e fala comigo de um jeito bem mandão.

– Aqui, Rosa. Olha pra mim. Vem, vamos respirar.

Um, dois, três, quatro, cinco... Os olhos da Jane são bonitos. Seis, sete, oito... Acho que ela não é mãe solteira coisa nenhuma. Nove, dez, onze, doze... Duvido que a Serena ou a Kellen iam conseguir me acalmar desse jeito. Treze, quatorze, quinze... Acho que elas nem estariam aqui. Dezesseis, dezessete, dezoito...

– Tá melhorando, Jane. Onde é que você aprendeu a fazer isso?

– Isso o quê? Respirar?

– Como é que você sabia que isso ia me ajudar?

A Jane sorri, um sorriso orgulhoso. Dezenove, vinte, vinte e um... Minha respiração está quase voltando ao normal. Meu coração voltou para o lugar. Eu não sou mais uma criancinha perdida de olhos tristes.

— Meus pais são psicanalistas. Eles sempre falam que quem tem pânico precisa respirar devagar.

— Pânico?

— Não foi isso que você teve? Uma crise de pânico?

Capítulo 12

São dez da manhã e eu tenho zero vontade de levantar da cama, mas escuto o barulho de panelas batendo e a Fernanda Montenegro não para de arranhar a velha poltrona do meu quarto. Na cozinha, minha avó lava a louça e fala sobre meu futuro próximo. Um futuro que eu não quero. Escola nova, bairro novo, amigos novos. Maria Célia tem certeza que eu vou me dar superbem na casa dela. Ela tem todas as certezas do mundo.

A casa já está quase toda encaixotada. Meu pai come em silêncio. Eu devia conversar com ele, mas também não tenho nada para dizer. Ou tenho e não quero. Eu poderia contar para o Renato que quase não dormi na noite passada, porque sonhei com minha mãe andando na frente do cemitério e matando baratas. Mas ela não estava grávida. Ou seja, eu não estava lá, junto com ela. Julieta estava sozinha. Eu acordei assustada e suando frio. Tentei ver vídeos de gatinhos, mas eles não me distraíram. O treco só parou quando recebi uma mensagem do Martim, por volta de uma da manhã.

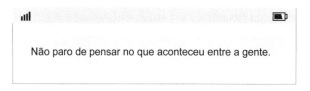

Eu não sabia como responder. "Me deu vontade, eu te agarrei e pronto"? "Depois de todo esse tempo discutindo o assunto, resolvi transar com você enquanto meu pai e minha avó estavam na cozinha falando sobre potes de plástico"?

Resolvi ser sincera.

Martim demorou para responder. Não liguei muito, já que eu não tinha respondido para ele na noite anterior.

Em janeiro, ele viajou com a família por um mês. Foram visitar uma prima que mora em Miami. Na noite anterior, eu fui na casa dele me despedir e ficamos vendo *Vingadores* na sala. Os pais do Martim sempre foram superpreocupados com a nossa relação, gravidez na adolescência, camisinha, essas coisas todas. Conversas constrangedoras e situações embaraçosas aos montes. Toda vez que eu ia na casa dele, as portas tinham que estar sempre abertas e os dois, pai e mãe, se revezavam para vigiar a gente. Eles entravam na sala ou no quarto do Martim com as desculpas mais absurdas.

– Vocês estão com fome?

– O som não está alto demais?

– Esse filme não é muito violento para ver à noite?

– Olha, eu fiz pipoca!

– Querem mais sal na pipoca?

– Essa aqui é com manteiga.

– Essa é doce. Pipoca doce. Vocês não querem?

Quando as desculpas acabavam, eles repetiam todas outra vez, na maior cara de pau. Tudo porque os dois imaginavam que um casal de namorados da nossa idade tinha coisa melhor para fazer do que ver o Hulk ficar verde e destruir o inimigo. Naquela noite, a vigilância foi bem menor, porque os pais do Martim estavam histéricos com a viagem. O sonho da mãe dele era conhecer Miami. O nosso sonho era ter privacidade. Fazia um calor insuportável, então a gente não tinha como usar o cobertor para esconder nossas explorações.

Mas, naquele dia, não foi preciso cobertor nem nada, porque a mãe do meu ex-namorado tomou um remédio para dormir e apagou antes das nove da noite. Ela estava realmente histérica. Não parava de falar que não tinha casaco suficiente na mala, mesmo sabendo que em Miami faz calor. A mulher queria neve. Ou uma desculpa para se entupir de remédio e dormir. E ela dormiu. O pai do Martim deve ter enfiado a cara no celular, coisa que ele faz com muita frequência. Aparentemente, a vigilância dele era só uma ordem da mulher, que era quem realmente mandava naquela casa.

Com ela dormindo e ele no celular, nós ficamos sozinhos, muito sozinhos. O Martim tinha um plano. Ele colocou um lençol no chão do quarto e ligou o ventilador. Foi na cozinha e voltou com dois copos de limonada. Botou Anavitória para tocar no Spotify. Escancarou a janela do quarto e me tirou para dançar. Dançamos um pouco grudados, como se fazia nas baladinhas de antigamente. Mas logo caímos no chão, porque não éramos tiozinhos, e sim dois adolescentes que tinham pressa. Em pouco tempo, eu estava só de camiseta. Suada, porque o ventilador não fazia a menor diferença. O Martim também estava suando. E enquanto ele dizia que ia morrer de saudade, a música mudou. Naquele momento, eu descobri que meu namorado tinha uma *playlist* sertaneja. Não me aguentei e cai na risada. Ele ficou muito bravo, me chamou de preconceituosa. Tivemos uma briga horrível por causa das músicas que ele ouvia. Eu já estava de roupa e meu celular tocou. Quem será que era? Quem?

Ouvi um monte da minha mãe, porque tinha ultrapassado o limite de horário para voltar pra casa. Tudo bem que a culpa de não ter rolado nada foi minha e do meu preconceito com os sertanejos. Mas por dias fiquei pensando que a Julieta tinha me impedido de ter a noite mais linda do mundo com o menino que eu amava. Quando cheguei em casa, escrevi para o Martim e pedi desculpas pela minha gargalhada. Passamos o resto da noite, ou boa parte dela, trocando mensagens fofas, apaixonadas e também um pouco picantes. O tipo da coisa que os adultos falam para a gente não fazer, mas a gente faz.

Naquela noite, me despedi dele falando em amor. Agora, a coisa mudou. Mando uma última mensagem para o Martim.

> Vou passar o dia fazendo a mudança. Escrevo quando tudo isso acabar. Desculpa por tudo. Por tudo mesmo.

Silêncio na cozinha. Finalmente minha avó ficou quieta. Mas a paz só dura poucos segundos.

– Gente, mas esse tipo de ração dá câncer no gato. Vocês não sabiam, não?

Ninguém responde para a Maria Célia. Não, ninguém sabia de nada. Mas eu não quero que a Fernandona morra de câncer. Levanto da cadeira e saio procurando a gata pela casa.

– Pai, cadê a Fernandona?

– Não sei, filha. Essa gata só dorme.

Não vai ser difícil de achar, a casa já está quase toda vazia. Eu corro pelos cômodos. Fernanda Montenegro não está na cozinha. Não está no banheiro. Não está na sala. Não está no meu quarto. Não está na varanda.

Entro no quarto dos meus pais, coisa que eu não fazia desde o dia em que fui engolida por uma onda gigante. Não, aquele é o quarto da minha mãe. Sempre foi. A Julieta era a rainha daquele lugar. Entro devagarzinho, como se meus passos tímidos tivessem o poder de trazer minha mãe de volta. Sinto medo. Saudade. Muita saudade. Um grito sai de dentro de mim sem que eu perceba.

– Pai, cadê ela?

Longo silêncio. Eu insisto.

– Cadê ela???

Da sala, meu pai responde:

– Tô procurando também, filha. A Fernandona se enfia em cada buraco!

– Eu falei para você que ter gato era uma ideia de jerico – diz minha avó.

Ideia de jerico foi trazer você para essa casa agora, Maria Célia. Eu bato a porta do quarto com raiva. Pulo na cama da minha mãe, que ainda está desarrumada, e finjo que ela acabou de sair. Ela saiu e já volta. O cheiro do desodorante natureba que ela mesma fazia ainda está aqui. Julieta foi só comprar aquele suco de uva concentrado que ela adorava.

Fecho os olhos, uma lembrança: nós duas em cima desse mesmo lençol com flores desenhadas. Naquela época, o lençol não tinha furos. Ela olhou para mim com uma cara brava e superassustada.

– Tá maluca, filha?

– É *cabeleileilo*.

– Hã?

– Eu tô *bincando* de *cabeleileilo*.

Eu tinha 3 anos, estava com uma gilete nas mãos e a sobrancelha direita raspada pela metade. Minha mãe tinha a respiração acelerada e a expressão mais assustada do mundo.

– Que merda de mãe eu sou? Quem é que deixa uma gilete afiada com uma criança como você em casa? Que merda, que merda, que merda!

Minha mãe me abraçou com muita força. Quase me sufocou. Depois tirou a gilete da minha mão de um jeito bem delicado e chorou. Eu não sabia muito bem o que falar. Nenhuma criança pequena gosta de ver mãe ou pai chorando. Especialmente aquela mãe. A mãe mais forte do mundo. Então, eu olhei para ela e falei o primeiro palavrão da minha vida.

– Que *méda*, que *méda*, que *méda*.

Julieta levou um susto. Parou imediatamente de chorar, me abraçou de um jeito mais sufocante ainda e desatou a rir. Vendo que minha mãe tinha se divertido com as minhas palavras, eu repeti trezentas vezes.

– Que *méda*, que *méda*, que *méda*, que *méda*.

Ouço a voz do meu pai vinda do banheiro. Ele está aflito.

– Aconteceu alguma coisa com a gata?

Eu lembro da gata, saio do quarto e volto a inspecionar a casa. Meu pai já colocou o sofá de cabeça para baixo. Minha avó arrasta os chinelos de um jeito malhumorado. Corro de um lado para o outro, desesperada. Eles também correm. Mas Fernanda Montenegro não está em lugar nenhum.

– Não, por favor, não.

Meu pai abre a porta do apartamento para ver se ela fugiu. Não, por favor, não.

– Cadê ela, pai?!

Ele olha pela janela do décimo primeiro andar. Por favor, não. De repente, uma caixa de papelão se mexe no canto da sala. Eu levanto a caixa. Fernandona está brincando tranquilamente no chão. Pego minha gata no colo e repito, sem parar, meu primeiro e mais sincero palavrão.

– Que *méda*, que *méda*, que *méda*!

Capítulo 13

Último episódio de *#TamoJunto*. As meninas de coxas grossas e os caras de coque samurai já se pegaram de todas as maneiras possíveis e agora querem ir para casa porque estão entediados. Nem a piscina com fundo invisível é capaz de tirá-los do marasmo. É estranho essa coisa que os *realities* fazem com a gente: eles tiram a nossa consciência e sugam toda a inteligência que existe dentro dos nossos cérebros. Eu torço por uma menina que é uma espécie de pária da casa porque não gosta de fazer ginástica e acha cerveja uma coisa muito ruim e amarga. Teve um episódio que ela se declarou para outra menina, a mais cabeluda, coxuda e esportista das confinadas, e tomou um fora horrível na frente das câmeras. Foi um momento bem triste, porque a coxudona tentava disfarçar, mas não conseguia esconder a homofobia por trás do discurso. Ela poderia ter tomado mais cuidado com as palavras.

As palavras têm um peso, filha. Elas ficam com a gente.

A câmera dá um close na Marô, minha participante-pária-perna-fina-preferida. Ela usa um short jeans curto e uma sandália com salto anabela.

Tive uma briga horrorosa com a Julieta por causa de uma sandália de salto anabela. Enchi o saco dela por meses, queria ganhar o sapato de presente de dia das crianças. Mas eu já era adolescente e não fazia sentido nenhum pedir presente de dia das crianças. Mesmo porque minha mãe nunca me deu nada no dia 12 de outubro. Sim, ela era dessas pessoas que não comemora *datas comerciais e ridículas.*

Uma vez, ela e meu pai ficaram meses brigados porque meu ele gastou todo o dinheiro que tinha ganhado com um show para preparar um jantar romântico no dia dos namorados. Eles eram casados e meu pai sabia o tipo de posicionamento que minha mãe tinha em relação a essas datas, mas ainda assim achou que a surpresa seria maior do que a crítica e arriscou. Deu errado. Muito errado. Primeiro porque ela não foi no jantar, tinha reunião de condomínio e ela não perdia a oportunidade de encher o saco do síndico do nosso prédio.

Você não acha que tá mais do que na hora da gente começar a reciclar o lixo?

E depois, já bem tarde da noite, quando Julieta chegou em casa e soube que aquele banquete bruschetta-risoto-sorvete tinha custado todo o cachê que meu pai tinha recebido, a coisa melecou. Melecou muito. Eu me tranquei no quarto, não queria ouvir.

Voltando ao salto anabela, eu usei a grana que tinha economizado da mesada por dois anos para comprar a sandália que eu mais queria. Sonhava com aquele sapato há meses. A Julieta não gostou da compra, me criticou horrores. Mas o dinheiro era meu e eu podia gastar com o que quisesse.

Jantar de Páscoa com os pais do Martim. Eu finalmente ia ganhar um ovo de chocolate, porque é óbvio que em casa essa data também era ignorada.

Você nem sabe quem foi Jesus Cristo, Rosa.

Quem se importa? Eu só queria comer chocolate. E ir bem-vestida ao primeiro jantar com os meus sogros.
Sogros, filha? Você acha que tem idade para usar palavras assim?
Mãe, hoje tudo isso me parece mesmo bem ridículo. Mas, naquela noite, só queria me vestir bem e impressionar todo mundo. Eu já tinha meu figurino planejado: calça de alfaiataria preta, blusa de bolinhas e o sapato novo. Seria minha estreia em cima de um salto anabela. Mas a sandália não estava no meu armário. Procurei em todos os cantos e buracos do nosso apartamento e nada.

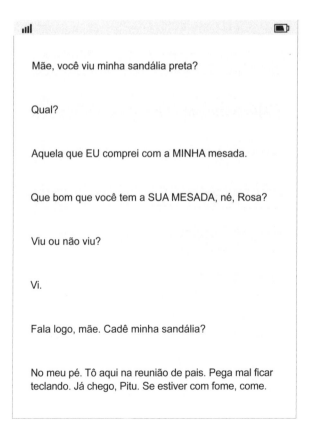

Nunca senti tanta raiva como naquele dia. Como assim ela pegou minha sandália sem avisar? Esse não era o nosso combinado. Como assim eu não poderia usar meu sapato novo no jantar porque minha mãe sem noção tinha invadido meu quarto e roubado a sandália nova que ela nem queria que eu comprasse?

Eu fui até o quarto dos meus pais, abri o armário e joguei todas as roupas da minha mãe no chão. Mas a fúria não diminuiu com esse gesto maluco, muito pelo contrário. Fiquei ainda mais brava. Acho que fui possuída por um demônio da Tasmânia naquele dia. Joguei os lençóis no chão, abri as gavetas da cômoda, revirei a caixa das malditas cartas antigas que a Julieta colecionava, picotei várias delas, quebrei o porta-retrato com a foto do dia que eu nasci e ainda não me sentia aliviada. Quem era aquela mulher que não pedia permissão para usar minhas coisas? Por que raios eu não podia ganhar presente de dia das crianças ou ovo de chocolate, como todas as outras pessoas normais? Não era porque ela considerava essas datas ridículas que eu tinha que pensar isso também. Certeza que pegou o sapato de propósito, só porque estava achando ridícula essa história de jantar de Páscoa na casa do meu namorado. Ela achava o fim da picada o fato de eu ter um namorado.

Lembrei do Martim e fiquei assustada com o horário. Gravei um áudio para ele.

– Má, vou demorar um pouco mais, a filha da puta da Julieta me ferrou mais uma vez e eu vou ter que arrumar uma coisa aqui.

Filha da puta da Julieta. Filha da puta. Foi exatamente isso que minha mãe ouviu assim que entrou no quarto e deu de cara comigo, uma filha adolescente-demônio-da-tasmânia que tinha destruído tudo por causa de uma sandália.

Claro que eu não fui em jantar nenhum. O resto da noite foi uma mistura de gritos de acusação, lágrimas com banana amassada e aveia, mais lágrimas com arrumação de quarto, seguido de um pedido de perdão com o abraço mais gostoso do mundo, um sentimento de culpa que nunca mais saiu de dentro de mim, um castigo que nunca foi cumprido, nossa série favorita na TV, noite de sono na mesma cama, dor de cabeça por causa do choro e um ovo de páscoa gigantesco no jantar do dia seguinte, seguido de mais um abraço e um pedido de desculpas, dessa vez da parte dela. Junto do pedido, a promessa de que, se as datas importavam para mim, então importavam para ela também, porque a Julieta se importava muito comigo, me amava e fim.

Capítulo 14

Nosso apartamento está cheio de gente, caixas de papelão fechadas e móveis com etiqueta de "Vai" e etiqueta de "Fica". É nosso último dia aqui. Muitas pessoas me abraçam de um jeito forte e constrangedor. É uma espécie de festa-bazar-despedida que meu pai resolveu fazer para doar aos amigos e vizinhos as coisas que não vamos poder levar na mudança. E quase tudo está com a etiqueta "Fica", ou seja... Maria Célia decidiu que os móveis velhos dela são muito melhores do que os nossos. Briguei para ficar com as coisas do meu quarto, mas minha avó não quer se desfazer do beliche que tem no segundo quarto da casa dela. Sim, eu vou dividir um beliche com o meu pai e acho que a vida não pode ser mais patética do que isso.

Apesar do frio lá fora, a sala está quente. Tem velho, adulto, criança, meu pai, eu, Fernanda Montenegro, duas das amigas de faculdade da minha mãe, um cara da banda que meu pai trabalha e a vizinha calada, que continua quieta. Minha avó foi preparar a casa dela para a nossa chegada. Está quase todo mundo em pé porque só tem um sofá aqui. Alguém faz uma pergunta ao meu pai.

– Como vai funcionar?

Ele não sabe o que responder. O Renato resolveu doar os móveis porque sabia que era isso que minha mãe faria, mas ele não pensou em um método para fazer a doação. Então olha para mim, pedindo uma ajuda. Tenho vontade de dizer que sou a filha, que sei menos da vida do que ele e não tenho como ajudar. Mas a cara do meu pai amolece meu coração. Então, respiro fundo e respondo.

– Sei lá, pai. Acho que cada um pega o que quiser, né?

Ele assente com a cabeça e sorri.

– Isso. Cada um pega o que quiser.

A cozinha está uma bagunça, vários sacos abertos de batatas fritas consumidos pela metade. A Fernandona se enfiou embaixo da geladeira, acho que esse tanto de gente é um pouco demais para ela. Na real, é um pouco demais para mim também. Não queria festa nenhuma e estou triste demais para sair daqui. Não só porque vou ter de morar com a Maria Célia, mas porque cresci nesse apartamento e tenho zilhões de lembranças de cada canto dele. A mancha de sangue no azulejo da lavanderia no dia que caí de patins e acabei com meu joelho. A cola dos adesivos que coloquei no vidro do meu quarto e levei bronca, porque adesivo é difícil de tirar e o lugar era alugado. O banheiro atrás da cozinha, que eu usava para me esconder quando estava com raiva da minha mãe. As estrelas no teto do meu quarto, que agora vão virar o céu particular de outra pessoa.

Meu pai não me consultou antes de fazer essa reunião. Ele tinha certeza absoluta de que eu iria adorar. Porque, apesar de estar sempre de cara feia com ela, eu adorava quase tudo que a Julieta fazia. Como eu disse antes, fazer uma festa de despedida e bazar de doação de móveis era a cara dela. Então o Renato chamou todo mundo e eu só descobri isso quando vi uns salgadinhos toscos na pia.

Ouço gritos vindo da sala. É a voz da vizinha estranha, que agora não está mais calada.

– Não, essa cadeira já era minha.

– Quem disse? – alguém rebate.

– Eu estou dizendo.

– Você não precisa dela!

– Como você sabe?

– Gente, vamos resolver com calma, cada um pega o que está precisando.

– E como é que eu vou saber se o outro está mesmo precisando?

Eu pego a Fernanda Montenegro no colo e passo batido pela sala. Aparentemente, amigos e vizinhos estão se matando por causa dos nossos móveis gastos. Ou porque meu pai quis ser legal, mas esqueceu de inventar um método.

– Já sei, vamos fazer um sorteio!

Pronto, ele inventou um método. Me jogo na minha cama, pensando que é a última vez que vou dormir nela. As pessoas param de brigar na sala e escuto móveis sendo arrastados. Fernandona se ajeita no meu peito e começa a ronronar. É muito mais legal ter uma gata de verdade do que ver gatinhos na internet. Entro no Instagram do Martim e vejo a foto de uma menina sentada no colo dele. Quem é essa garota? Tudo bem que eu ando pisando muito na cabeça do meu ex, mas ele faz parte da minha história, não do rolê dessa menina estranha. Mando imediatamente uma mensagem para ele.

Martim não responde. Eu insisto.

Nada. Sinto uma raiva descomunal. Depois de tanto choro e insistência, meu ex teve coragem de colocar no colo uma menina loira que faz chapinha no cabelo. Chapinha, Martim? Chapinha???

Ligo para ele, mas é claro que não atende.

Telefone é a coisa mais antiga do mundo para essa geração, não é?

É, Julieta. Minha raiva aumenta tanto que meus braços começam a formigar. De novo, o medo. E se for um enfarte? Como é que meu pai vai fazer para morar sozinho com a mãe dele? Ele não fala, mas tenho certeza que também morre de bode daquela mulher. E a Fernandona? Quem é que vai limpar a caixinha de areia dela? Mexo as mãos para espantar o formigamento. Minha gata, que estava dormindo em cima de mim, acorda assustada. Ela sobe até a minha cara e esfrega a cabeça no meu rosto, daquele jeito que os gatos fazem quando querem dizer "eu te amo". O medo fica um pouco menor. Sorrio para ela.

– Eu também te amo, Fernandona. Eu também te amo.

Capítulo 15

Almoço na casa da Maria Célia, que agora é a minha casa também. Arroz, feijão e carne moída com tomate picadinho. Olho para o prato e não me animo. Minha avó nunca fica quieta.

– Na sua idade, seu pai comia uma montanha assim de arroz e feijão.

Meu pai ri. O mesmo riso triste que virou sua marca registrada nos últimos tempos. Mas, ainda assim, um sorriso.

– Eu ainda como, olha.

Ele aponta para o prato, que está gigantesco. Como pode caber tanta comida no estômago de um único homem? Ele muda a entonação da voz.

– Frita um ovo de gema mole para mim, mãe? Daqueles que só você sabe fazer?

Minha avó levanta da mesa supersatisfeita. Tenho a impressão de que poderia passar a vida inteira fritando ovo de gema mole para o seu filho único. A cena me embrulha o estômago. Não consigo me controlar, tudo isso é muito injusto. Como é que meu pai tem coragem de ficar todo feliz de ser paparicado pela mãe com a idade que tem? E na minha frente, pouco tempo depois que eu acabei de perder a minha mãe? A vontade que tenho é de gritar na cara dos dois, mas meu celular vibra com uma mensagem. Resposta do Martim, finalmente.

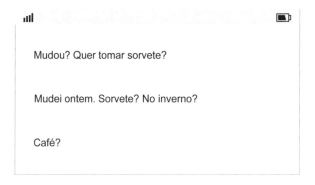

Mudou? Quer tomar sorvete?

Mudei ontem. Sorvete? No inverno?

Café?

Do fogão, a Maria Célia grita.

– Sem celular na hora do almoço, Rosinha. Eu sei que na sua antiga casa tinha essa regra. Ela vai continuar a existir por aqui.

Finjo que não escuto minha avó e respondo para o Martim.

Amanhã?

Maria Célia não deixa passar nada.

– Rosa? Você não ouviu?

Atiro o celular em cima de uma cadeira vazia e todos me olham. Rola aquele silêncio estranho. O tipo de silêncio que significa que todos odiaram o que eu fiz. Mas ninguém tem coragem de brigar comigo ainda. Até quando vou poder usar isso a meu favor? Será que me transformei em uma daquelas meninas mimadas e detestáveis das séries americanas que minha mãe tanto odiava? Ou ela aplaudiria esse comportamento com minha avó, já que também detestava a Maria Célia? Meu pai faz um sinal de "calma" para mim. Nem respondo. A Fernandona sobe em cima da mesa. Minha avó grita.

— Tira ela daí! Temos que acostumar essa gata a ficar lá fora. Ela não tem que ficar o tempo todo dentro de casa.

Meu pai respira um pouco mais fundo.

— Mãe, a gente já falou sobre isso. Ela passou esses primeiros dias dentro de casa, já é uma gata doméstica.

— Todo gato sabe sair e voltar para casa. É instinto.

Eu não aguento e saio da mesa, mas não sem antes gritar com os dois.

— Não! Ela não tem esse instinto! Ela não vai sair.

Vou para o quarto e sento na parte de baixo do beliche. Parada, sem fazer nada, o tempo demora para passar. Tentei rabiscar algumas coisas em um caderno antigo do meu pai, mas acho que nunca mais vou conseguir desenhar nada na vida. Meu celular ficou na sala e não quero encarar aqueles dois. Batidas na porta.

— Rosa?

— Entra, pai. Esse quarto também é seu, esqueceu?

— Cineminha com muita pipoca?

— Hoje, não.

— Filha, você tá de férias. Daqui a pouco começam as aulas, tem que aproveitar. E daqui a algumas semanas eu tenho que voltar a trabalhar.

Eu não respondo. Nem quero pensar nisso. O tempo não passa nessa casa. Tudo é antigo e mofado. Os pensamentos da minha avó também são embolorados, ficaram no passado. Não quero viver no passado. Tenho que deixar as lembranças para trás. Mas, se não me lembrar da minha mãe, ela também vai morrer em pensamento e memória. Não, isso não pode acontecer. Não é nem um pouco justo.

Ouço o barulho do filme que minha avó assiste vindo da sala. Meu pai saiu para comprar produtos de limpeza. Vou ficar o dia todo aqui. Eu já fiquei o dia todo aqui.

Primeira noite nesse beliche duro e estranho. O quarto está silencioso, a gata dorme nos meus pés. Meu pai está na parte de cima. Sei que parece estranho, já que ele é um homem de meia-idade e a adolescente aqui sou eu. Mas ele se ofereceu para dormir em cima e aceitei. Se fizer um esforço, consigo escutar a respiração dele ficando pesada. Não dorme, pai. Por favor. Hoje, não.

– Pai, conta de novo a história do Maneco's?

Ele demora para responder, mas acho que percebe que essa é uma oportunidade de a gente finalmente conversar. Meu pai fala com a voz sonada. Me conta uma das minhas muitas histórias de infância. Maneco's Drinks é o nome de um lugar que ele levou a banda dos amigos para tocar. Mas ninguém apareceu para ver o show, só o tal do Maneco, que não quis pagar o cachê porque ia tomar prejuízo. Eles brigaram feio. Carlão, o barbudo que toca teclado, partiu para a porrada. Eu durmo ouvindo a história que meu pai me conta desde que eu tinha alguns poucos anos de vida. Uma história sobre homens barbudos brigando em um bar de beira de estrada. Eu devia ter prestado mais atenção nos detalhes que ele me conta agora. Talvez tivesse entendido um pouco mais cedo que a vida não é mesmo um conto de fadas.

Na minha primeira noite nessa casa de paredes verdes, durmo me achando a pessoa mais madura, velha e ferida desse planeta. Eu só tenho 15 anos.

Capítulo 16

Estou na sala de uma ginecologista antroposófica super conhecida. Julieta ficou muitos meses falando dessa mulher. A consulta é cara, mas minha mãe tinha estudado com a sobrinha da médica na escola e conseguiu um megadesconto. Estamos sentadas de frente para essa estranha figura de cabelos grisalhos e muito compridos. Minha mãe não para quieta, confere as coisas dentro da bolsa, olha as fotos dos porta-retratos na mesa, levanta, senta, levanta de novo. Ela esperou muito tempo por esse momento. A médica quer entender a razão da consulta.

– E então?

– Logo mais minha filha vai começar a vida sexual dela e eu preciso que você dê umas dicas.

Continuo quieta. Estou morrendo por dentro. Não queria vir nessa consulta de jeito nenhum. Olho para o celular e finjo que estou em qualquer outro lugar do mundo. No Caribe, naquele mar azul onde minhas amigas postam as fotos. No cinema, vendo o último filme da Marvel. Dentro de um ônibus, indo para bem longe da minha mãe.

A médica atrapalha meus devaneios. Ela abre um sorriso e fala comigo.

— E vocês já conversaram?

Entendo que é minha vez de falar. Viro os olhos e as palavras saem secas, no tom que tenho usado com a Julieta nos últimos tempos.

— Umas quinhentas e oitenta e oito vezes.

— Que bom. A conversa entre mãe e filha é superimportante. Imagino que também esteja precisando de um pouco de segurança nessa hora, né, Julieta? A adolescência de uma filha pode ser uma fase bastante delicada pra gente também.

Minha mãe encara a médica por poucos segundos e tenta conter uma lágrima. Mas a lágrima rola pelo seu rosto, puxando outra e mais outra e mais outra, até que, de repente, a Julieta começa a chorar muito na nossa frente. Ela responde aos prantos.

— Uma fase delicada? Não, imagina, o que é isso? Delicado é pagar conta com salário de professora. Não, melhor: delicado é conversar com as mães dos meus alunos, aquelas mulheres diferenciadas. A Rosinha não tem nada de delicada, ela é forte. Monstruosamente forte. E tem olhado para mim com tanta raiva, toda vez que falo alguma coisa. Não, doutora, não é nada delicado. Tem muito ódio dentro dela. O tempo inteiro. Você já passou por isso e sabe como é, não sabe? Um dia choram na hora de dormir e pedem para você ficar mais um pouquinho ao lado da cama, porque têm medo e não aguentam ficar sozinhas no quarto escuro. No outro, elas já estão desse tamanho. Usam as suas roupas, as suas palavras e te expulsam do quarto porque, de repente, você não cabe mais ali. A Rosa fez isso também. Ela me deixou sozinha no escuro. Sozinha.

Minha mãe está gigante agora. Não tem mais ninguém na sala, só ela. As lágrimas formam um rio de águas enlameadas que vão tomando conta de todo o espaço. Tenho medo que ela se afogue, o rio é violento, cheio de ondas. Apesar de grande, ela parece tão frágil. A água marrom toma conta de tudo. Minha mãe afunda cada vez mais no meio das ondas, que agora estão enormes e fazem um barulho assustador. Aos poucos, a Julieta desaparece. Ela está sumindo. Acordo com o som dos meus próprios gritos.

– Não, mãe! Desculpa! Eu não queria falar isso. Eu tô aqui, mãe.

Abro os olhos e vejo meu pai, que está do meu lado no beliche chorando um choro dolorido. Ele me abraça forte.

– Foi só um sonho, Rosa. Chora, filha. Por favor, chora. Você precisa disso.

Eu não sei por que ainda fazem tanta questão das minhas lágrimas.

– Não sou eu, pai. É ela. Minha mãe está sozinha e não para de chorar.

Ele me abraça ainda mais forte, como se quisesse arrancar de uma só vez toda a dor que existe dentro de mim. Mas meu pai nunca foi muito bom nisso. Minha mãe, sim. Quando eu era criança e tinha aqueles ataques de fúria e birra, ela sabia exatamente o que fazer.

Começou em um café da manhã em que eu peguei o celular do meu pai para assistir um desenho de que gostava. Ela tirou de mim na hora, porque sempre teve horror de criança pequena com celular. Eu gritei e chorei muito alto, como se o mundo fosse acabar. Então ela colocou "Single Ladies" para tocar no celular e desandou a fazer a coreografia da Beyoncé na cozinha. Pensando agora, é totalmente bizarro, porque minha mãe sempre foi hiper-riponga e detestava qualquer ícone pop. Pop para ela era o tal do Noam Chomsky. Sem falar que ela era dura para caramba, nunca soube dançar.

É claro que parei de chorar na hora. Na verdade, comecei a gargalhar imediatamente. Que mulher era aquela rebolando na cozinha de casa? Depois daquele dia, nós duas ensaiávamos a coreografia de "Single Ladies" por horas a fio quando ela não estava corrigindo prova. Era ridículo, minha mãe não levava o menor jeito. Durante muitos anos, toda vez que eu ficava triste, ela colocava Beyoncé para tocar e saía dando aqueles passinhos duros e desajeitados. A tristeza passava na hora e eu ria até ficar sem ar.

Abraço meu pai com desespero. Tenho medo de que ele também desapareça. Então, ela vem me ajudar.

"All the single ladies, all the single ladies, all the single ladies, all the single ladies, now put your hands up! Up in the club, just broke up, I'm doing my own little thing. You decided to dip, but now you wanna trip, cause another brother noticed me."

Meu pai canta comigo. Eu não tinha ideia, mas ele também sabe a letra da música. Dormimos abraçados ao som da Queen B.

E acordamos com os gritos da minha avó dizendo que abriu um sol e que nós dois precisamos de vitamina D. Vitamina D. Sério.

Capítulo 17

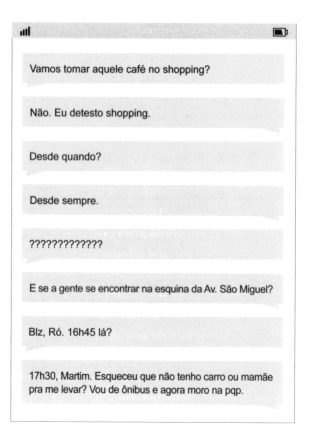

Eu e o Martim andamos quietos pela rua movimentada. Sol de inverno, muita gente de óculos escuros e lenços coloridos amarrados no pescoço. Quando eu for adulta, quero ser uma dessas mulheres que amarram lenços coloridos no pescoço. O Martim está mais quieto do que o normal.

— Desculpa.

— Por que me deu um pé na bunda depois de *fazer amor* comigo ou por que me chamou de idiota por causa do bilhete e da minha mochila?

— Porque fui uma imbecil com você na mensagem de ontem. Eu não sei o que está acontecendo comigo.

— Sua mãe morreu. Morreu, no passado. Tá vendo como eu sei conjugar?

Não respondo, mas dou a mão para ele. Eu não consigo me desfazer desse hábito. Passeamos de mãos dadas por uma praça do centro, que está cheia de famílias com crianças aprendendo a andar, velhos esperando para morrer e hippies vendendo mercadorias que não tem nada de artesanal.

— Te desculpo por ontem. Só por ontem. O resto ainda não tá fácil de engolir.

O Martim é um dos caras mais sinceros que já conheci na vida. Não que eu tenha conhecido uma multidão de meninos e tal. Mas ele sempre fala o que sente e não faz jogo. Foi assim quando começamos a namorar, demos nosso primeiro beijo e passamos a ficar juntos no recreio. Com ele, nunca tive aquele frio na barriga de saber se a coisa ia ou não dar certo, o que sempre achei incrível. Preguiça dessas pessoas inseguras que não sabem o que sentem ou que têm medo de se envolver. Minhas amigas sofreram muito por causa de figuras assim.

– Foi a foto, né?

– Que foto?

– A foto que eu postei com a Mari.

– Que Mari?

– Confessa, Rosa. Você viu a foto no meu Instagram, morreu de ciúmes e por isso me escreveu.

– Porra, Martim. Uma menina que usa chapinha???!

Ele abre um sorriso lindo e eu me sinto em casa de novo. Ou em algum lugar conhecido. Martim me beija no meio da praça. O mesmo beijo lento, calmo e apaixonado que faz minhas pernas tremerem desde a primeira vez. Não tremo como naquele dia; tenho sentido muito medo desses sinais malucos que meu corpo dá sem permissão. Mas sinto que sou a mesma pessoa quando estou com ele, e isso já é um conforto.

– Eu fiz de propósito.

– O que?

– A foto. A Mari é minha amiga, aluna nova. Você não lembra dela?

– Não. Você tá ligado que eu não costumo reparar nas meninas que alisam o cabelo. Nasceu de cabelo enrolado, deixa o cabelo enrolado. Ridículo.

– Você tá falando que nem ela.

Não respondo, mas solto a mão dele. Para que trazer a Julieta para a conversa agora? Fazia tanto tempo que eu não me sentia assim, menos oca e gelada. Paramos na frente da barraca de um senhor boliviano que vende pulseiras, colares e anéis. Seus dois filhos pequenos correm pela praça e eu fico com medo de que sejam atropelados. Não gosto mais de ver pais e filhos separados. Não gosto de tragédias.

Vejo um colar lindo com pingente de tordo. Pergunto o preço para o homem, sempre quis esse colar. Ia ser bom me transformar na Katniss Everdeen. Ela sim é uma garota forte. Mas o colar é caro e eu tô sem grana. Desde que minha mãe morreu, não tenho mais mesada.

Sentamos em um banco da praça e uns pombos nojentos ficam andando por perto.

– Como assim, você fez de propósito?

– Assim mesmo. Eu te conheço, Rosa. Sabia que ia ver meu Instagram. Sabia que ia sentir ciúmes. A Mari sentou no meu colo e a namorada dela bateu a foto. Depois eu paguei um sorvete para as duas e elas foram se pegar em um canto.

Na verdade, tenho que tirar o chapéu para o Martim. Ele sabe fazer jogo quando precisa. Dou risada. Ele me dá outro beijo. Deito com a cabeça nas pernas do meu ex. Queria tanto que hoje fosse só um daqueles dias quentes em que um casal de namorados entediados que não têm mais nada para fazer senta no banco de uma praça para esperar o tempo passar. Fecho os olhos. Finjo que nada mudou na minha vida e que somos mesmo só um casal de namorados entediados em uma praça da cidade. Ficamos em silêncio por um tempo.

– Acho que a gente nunca ficou tão quieto assim um do lado do outro – digo, olhando bem nos olhos do Martim.

– Meu pai sempre diz que ficar em silêncio junto com uma outra pessoa significa que a gente tem intimidade. E isso a gente tem muito, não tem? – O Martim me olha com aquela mesma cara engraçada com que me olhou no primeiro dia em que nos vimos na cantina da minha antiga escola. É uma expressão de ansiedade, que está bem no meio do caminho entre a tristeza e a felicidade. Não dá para decifrar. Ele espera que eu responda o que já não sei. A gente tem intimidade porque conhecemos bem o corpo um do outro? Ou porque durante muito tempo eu sabia exatamente o que ele iria dizer logo depois de um silêncio como esse, assim como ele também adivinhava minhas reações e palavras?

Não sei mais se minhas palavras são tão minhas quanto antes. Tenho medo de pensar em alguma coisa muito triste, falar sobre ela e depois essa coisa acontecer. Já aconteceu. Tenho medo de ter medo, mas sou uma garota forte de voz rouca e não vou deixar esse gelado aqui dentro me dominar. Não vou. Não hoje. Não agora. Não em um dia de sol ao lado do meu ex-namorado que acabou de me fazer uma pergunta fofa.

– Claro que a gente tem intimidade, Martim.

Ele me beija de novo e me deixo levar. Hoje, somos só dois *adolês* íntimos matando tempo em uma praça da cidade. Só isso e nada mais.

Capítulo 18

Domingo é o dia mundial do bode e da tristeza. É o que as pessoas dizem. Mas estamos em julho e, para dizer a verdade, agora todos os dias são tristes como os domingos. Minha avó inventou de fazer faxina e colocou todo mundo para trabalhar.

– Vamos fingir que moramos em uma comunidade. Cada um faz a sua parte.

Não tem música do Rush nessa faxina. É uma comunidade mais chata e silenciosa do que as outras. Meu pai lava a louça e eu finjo passar uma vassoura no chão enquanto minha avó aspira os pelos que a Fernandona deixou no sofá.

– Isso aqui está um horror. Como essa gata consegue soltar tanto pelo assim?

Ninguém responde. Minha gata se esconde embaixo do beliche por causa do barulho do aspirador. Ou porque ela sabe que não é bem-vinda aqui.

– Combinei de a gente visitar o tio Amadeu hoje à tarde. – Meu pai olha para mim. – Vamos sair logo após o almoço, porque os ônibus demoram a passar no domingo.

Eu largo a vassoura no chão.

– Quem?

– O irmão da sua avó, filha.

– Eu não vou.

Maria Célia continua aspirando o chão enquanto faz uma careta para mim.

– Por quê?

– Porque não quero. E você não me consultou.

Mais um silêncio daqueles. Minha avó desliga o aspirador e tira o saco de pó de dentro dele.

– Ele tem uma neta da sua idade, sabia? A Isabel, acho que ela vai estar lá. Uma menina inteligente, faz escola técnica e já trabalha. Você tá precisando de umas amigas novas, Rosa.

– Eu tenho a Jane.

– Quem?

Não respondo. Enquanto minha avó tenta controlar minha vida e minhas amizades, meu pai fica quieto. Ela exerce um estranho domínio sobre o filho. Desde que eu me entendo por gente, percebo que ele não sabe falar "não" para a mãe. Julieta dizia que isso é coisa de filho único, mas eu sou filha única e disse um monte de "nãos" para a minha mãe. Até não ter mais ela do meu lado. Em mim, minha avó não manda. Na Fernanda Montenegro também não. Essa gata maravilhosa aproveitou a distração da Maria Célia e destruiu o saco de pó do aspirador com as unhas. Agora, a sala horrorosa está toda cheia de poeira. Minha avó tem um chilique.

– Nãoooooooooo!

– Calma, mãe.

– Calma, nada! Olha o tanto de pó que essa gata espalhou! Eu falei que não ia dar certo trazer ela para cá. A gente vai ter que dar a Fernandona.

Eu olho bem nos olhos caídos e tristes da minha avó e grito.

– Se ela for embora, eu também vou!

Meu pai entra no meio.

– Filha, fica tranquila. Eu vou conversar com a sua avó. Ninguém vai embora.

Pego meu celular em cima da mesa, corro até o quarto, coloco a mochila nas costas e volto para a sala.

– Eu vou embora, pai.

Saio de casa e bato a porta com tanta força que alguma coisa cai lá dentro. A Fernandona mia alto. Meu coração dispara, mas não volto atrás. Sigo andando para não sei onde.

Caminho sem parar por muitas ruas, avenidas e cruzamentos. Tudo vazio. Domingo é o dia mundial da tristeza e todas as pessoas ficam em casa enfiadas nas redes sociais. Eu, não.

Estou na rua, *ocupando a cidade*, como ela costumava dizer em suas aulas de História. Ando rápido. A paisagem muda. Agora, estou em uma avenida com prédios altos espelhados. O tipo de lugar que durante a semana fica cheio de homens engravatados e mulheres que sabem andar em cima de sapatos de salto alto. Detesto esses lugares. Acelero o passo. Quando vou cruzar um semáforo, um senhor encurvado me entrega um panfleto com a planta de um apartamento que está à venda. Eu sorrio para ele e agradeço. Minha mãe me ensinou a pegar todos os papéis que as pessoas oferecem nas ruas, assim elas acabam de distribuir mais cedo e recebem logo seu dinheiro.

Só não pega papel de gente religiosa, Pitu. Esse pessoal é perigoso.

Meu coração aperta de saudade. Ando cada vez mais rápido. Não olho para o chão, e sim para o panfleto do apartamento. Um lugar meio esquisito, engomadinho. O anúncio mostra uma família tomando café da manhã. Pai com blusa polo, mulher com dentes muito brancos e uma menina de cabelos compridos e tiara.

Essas tiaras horríveis apertam o cérebro e deixam as meninas de miolo mole.

Sinto raiva daquela família. Não por serem penteadinhos ou viverem em um apartamento sem vida e cheio de objetos de arte. Não invejo nada disso – eu prefiro a faxina ao som de Rush e os lençóis furados. Mas tenho ódio porque eles estão ali, existindo em algum lugar. Os três, juntos. Nós não existimos mais daquele jeito. Não tem como seguir fingindo ser uma família sem ela. Sem a risada dela. Sem as músicas que ela cantava bem alto todo domingo, porque a Julieta amava os domingos. Diferente de quase todas as pessoas do mundo, porque ela era assim, diferente. Minha mãe cantava alto, e de um jeito desafinado, todas as músicas que amava.

"Now that I've lost everything to you, you say you wanna start something new. And it's breaking my heart you're leaving, baby, I'm grieving…"

Quando percebo, estou cantando e gritando. Não tem ninguém na rua. Meu celular vibra no bolso e eu não pego. Deve ser meu pai.

"You know I've seen a lot of what the world can do, and it's breaking my heart in two because I never want to see you sad, girl, don't be a bad girl."

Eu corro enquanto canto. Com pressa e raiva, como se meus passos rápidos me fizessem voltar no tempo. Para um tempo em que eu odiava ouvir essas músicas, porque, sinceramente, não conseguia escutar nada do que minha mãe falava. Música, conselho, aula de História, bronca, piada sem graça, Los Hermanos ou Cat Stevens, nada mais que saía da boca dela me agradava.

Agora, eu daria meu mundo para ouvir de novo aquela voz. Fala comigo, mãe? Me conta de novo a história do coelho falante? Pode falar mal do Martim, do pai dele, eu não ligo. Fala, mãe.

Estou correndo mais rápido do que uma maratonista queniana. Mais suada do que uma jogadora de futebol no final da partida. Corro enquanto a cidade passa por mim, como se ela também não existisse. Porque foi nessa cidade que ela me ensinou a olhar nos olhos das pessoas. De todas as pessoas. Das que usam tiara e das que estão no chão das ruas porque não têm mais para onde ir.

Olhar nos olhos deixa tudo mais humano, Rosinha.

Eu queria olhar nos seus olhos, mãe. Nem que fosse só por mais cinco minutos.

A cidade passa. Rua esburacada, feira, banco, farmácia, casas antigas sendo demolidas para dar lugar a prédios comerciais, muitos e muitos prédios comerciais, muros pichados, prédios ocupados, ruas vazias e vazio gelado dentro do meu peito.

"Oh, baby, baby, it's a wild world. It's hard to get by just upon a smile. Oh, baby, baby, it's a wild world. I'll always remember you like a child, girl."

Não estou mais aqui. Paro de correr, quase sem ar. Me apoio em um muro e tomo um susto quando vejo onde vim parar. Estou ao lado do cemitério em que minha mãe foi enterrada com aquela roupa laranja ridícula. Ando sozinha e sem matar nenhuma barata, porque nem as baratas estão aqui comigo. Onda gigante chegando.

Meus pés em câmera lenta. O ar não vem. O mundo gira. Sinto frio. Ela não está aqui. Não tem ninguém aqui. Não sinto nada e nem sei mais olhar nos olhos das pessoas. Onda gigante de novo. Dessa vez, enorme. O ar não vem de jeito nenhum. Tenho medo de ter medo, quero a minha mãe.

Apagão.

Capítulo 19

Segundo dia consecutivo internada em um hospital da minha cidade. Os personagens da Disney desenhados na parede já estão desbotando. Muitas mães parecendo exaustas e uma criança hiperativa do meu lado. Os médicos andam de um lado para o outro e olham sempre para a frente. Acho que é uma tática para não fazer contato visual com as mães. Ou com as crianças doentes, *porque não tem nada mais triste do que criança doente, filha.*

Meu pai está dormindo em uma daquelas cadeiras desconfortáveis para acompanhantes. Acho que desistiu de abordar pessoas de jaleco para perguntar sobre o meu caso. Eu desmaiei na rua e uma ambulância me trouxe até aqui. Não sabemos mais nada. Passei as últimas quarenta e oito horas fazendo zilhões de exames, como se eu fosse uma ratazana de laboratório. Entrei em todas as máquinas possíveis e imagináveis, fui invadida por muitas câmeras e agulhas. Tudo ruim, chato e desconfortável. Os enfermeiros não me responderam nada. Fiz xixi em potes de vários tamanhos. Percorri todos os corredores de paredes desbotadas desse hospital antigo e cheio de gente. Ninguém sabe muito o que fazer com uma garota da minha idade que desmaia no meio da rua. Nem eu sei. Quem saberia?

A criança hiperativa é uma pirralha que tem as unhas pintadas de verde e que não para de jogar no celular. Ela deve ter uns 8 anos e o cabelo não tem um fio fora do lugar. Vontade de ir até ela e bagunçar esse cabelo sem graça. O barulho do jogo me incomoda.

– Por favor, estou tentando dormir – eu peço, mas ninguém me responde.

Um médico bonito e supernovo, do tipo que poderia protagonizar *Grey's Anatomy*, entra no quarto. A mãe da menina hiperativa dá um pulo da cadeira.

– Saiu o resultado do exame, doutor?

– Não. A tomografia é demorada. Eu vim falar com ela. – Ele aponta para mim. Cutuco meu pai, que parece estar dormindo tudo que não conseguiu nos últimos tempos. Renato não acorda. O médico sorri para mim. Nunca pensei que alguém que trabalhasse quarenta e oito horas seguidas fosse capaz de fazer isso.

– Rosa Ramoneda?

Faço que sim com a cabeça.

– Parece nome de personagem de série.

Não, doutor. Você é que parece ter saído da televisão. Eu sou só uma menina estranha que não sabe o que está fazendo aqui.

É claro que não falei isso para ele, só abri um sorriso um pouco sem graça.

– Alguma novidade?

– Uma hipótese.

– Fala!

– Você é menor de idade. Pelas regras do hospital, os pais precisam ouvir o diagnóstico.

– Meu pai. Só meu pai.

Ficamos em silêncio e olhamos juntos para o Renato, que continua dormindo e roncando alto, sem nenhuma vergonha. Sinto raiva dele, que deveria estar acordado tentando entender o que aconteceu comigo. Mas, agora, ele parece um menino de 12 anos que é mimado pela mãe, uma mulher que ama fritar ovos com gema mole.

O médico me encara com pena. Dou um chute bem forte na cadeira do meu pai, que acorda assustado. Eu decido causar um pouco.

– Fala logo, doutor. Eu vou morrer?

– Não. Bem longe disso. Seus exames estão ótimos.

Meu pai se ajeita na cadeira. Tosse, abre bem os olhos e finge que esteve o tempo todo participando da conversa.

– Mas por que ela desmaiou?

– Eu tenho uma hipótese, mas preciso fazer algumas perguntas antes. Aconteceu alguma coisa diferente na vida da Rosa nos últimos dias?

Meu pai fica em silêncio. Minha raiva aumenta. Por que esse cara não fala comigo? Fui eu que desmaiei, não foi? Não foi o Renato, que estava dormindo até agora. Se alguma coisa diferente aconteceu na minha vida? Bom, desejei que minha mãe morresse e ela morreu. Assim, sem aviso. Desapareceu da minha vida de uma hora para outra. Não deixou bilhete. Ela adorava bilhetes. Não guardei nenhum deles, nunca dei importância. Então, terminei com o Martim, transei com ele, fiz um protesto vermelho, perdi a bolsa da escola, passei a odiar todas as minhas amigas que já foram para a Disney, ganhei uma gata, fui morar com a minha avó, briguei com ela por querer se livrar da Fernanda Montenegro de qualquer jeito, desmaiei no meio da rua e agora estou aqui.

– Não, não aconteceu nada assim de tão diferente, doutor. Só minha mãe que morreu.

Ele faz aquela cara que eu detesto e abaixa o tom de voz.

– Sinto muito, Rosa.

Pronto, vamos começar. Ele sente muito e com certeza vai me perguntar como é que eu estou "lidando com tudo isso". Não, ele vai perguntar para o meu pai, o que é ainda pior.

– Como ela está lidando com tudo isso?

Renato olha para mim, acho que quer que eu responda. Não, não mesmo. Você é o pai. Ele fez a pergunta para você. Se vira, você que é o maior de idade aqui.

Fica um silêncio entre a gente. Só o barulho do jogo da piveta no celular. A mãe dela não tem mais nada para fazer enquanto espera a tomografia e é desprezada pela filha. Então essa mulher horrenda presta atenção na nossa conversa. Que não é realmente uma conversa, porque meu pai não responde nada para o médico. O doutor *Grey's Anatomy* resolve falar.

– Nós fizemos todos os exames e não encontramos nada de diferente na Rosa.

– Sim, eu sei. Mas por que ela desmaiou?

– Depois do que ela acabou de contar, acho que minha hipótese está certa. A Rosa está desenvolvendo sintomas de ansiedade ou síndrome do pânico, uma doença muito comum nos dias de hoje e que costuma pegar os adolescentes de jeito. É muito importante que vocês consultem um psiquiatra o mais rápido possível, assim o quadro não se agrava e ela pode ter um dia a dia normal. Ele deve receitar alguns remédios.

Um grito estranho sai de dentro de mim.

– Nem a pau!

Médico, Renato, piveta e mãe se assustam. Para falar a verdade, até eu me assusto. Mas as palavras saem da minha boca sem que eu consiga impedir.

– Remédio psiquiátrico? Nem a pau. Eu não preciso dessa merda. Nunca precisei e nem vou precisar. Sou uma menina forte que não vai aceitar ser dopada. Essas porcarias malditas vão me deixar chapada como se eu fosse uma múmia e vão enriquecer ainda mais a maldita indústria farmacêutica. Podem esquecer.

Me assusto com minhas próprias palavras. Mas eu sou a filha da Julieta e aprendi que as nossas tristezas, somos nós que curamos sozinhos. Ou acompanhados. Mas nunca com remédios psiquiátricos. Minha mãe tinha horror desses remédios. Dizia que não curavam, mas sim que causavam mais e mais estrago na cabeça das pessoas.

E olha que as pessoas já andam muito estragadas, minha Pituca.

É, mãe. Você tinha razão. Você sempre tem razão. As pessoas estão ridiculamente estragadas. Elas querem me dopar. Meu pai e o médico olham para minha cara sem saber o que responder. Eles nunca sabem. Síndrome do pânico porcaria nenhuma. Tento chorar, quem sabe assim eles me deixam um pouco em paz. Ou sozinha. Quero ficar sozinha com as suas lembranças, mãe. As lágrimas não saem, elas nunca saem. A menina da cama do lado faz um escândalo porque agora a mãe dela decidiu guardar o celular. A garota chora muito alto. Um choro mimado e estridente. Eu não me aguento. Todos olham para a minha cara. Viro para o lado e grito.

– Por favor, estou tentando dormir!

Capítulo 20

— Pai?

— Fala, filha.

— Posso te pedir uma coisa?

— Pode. Você sempre pode. Só não sei se eu vou poder resolver.

— Me deixa ir nessa festa com você? Por favor? Só hoje? Eu fico quieta no canto, ninguém vai me ver.

— Rosa, a gente ainda nem foi no tal psiquiatra.

— Mas foi o próprio médico que falou que eu não tenho nada clínico. Que preciso me distrair. Não quero ficar sozinha nessa casa com a vovó. Por favor, pai. Hoje, não. Eu te imploro.

— E se você ligar para as suas amigas e tentar descolar algum programa com elas?

— E se eu ligar para minhas amigas e pedir para elas irem nessa festa comigo?

Corta para o bairro mais chique e metido da cidade. O tipo de lugar que você não vê nem mesmo uma pessoa vendendo bala no sinal, porque provavelmente os moradores do bairro expulsam elas daqui. As ruas estão vazias. Só tem um guarda noturno que usa um apito triste e meio assustador.

Entramos no salão em que a banda produzida pelo meu pai vai tocar e ele tenta segurar minha mão. Deve estar com medo que eu desmaie de novo. Disfarço e encolho os braços. Que coisa mais bizarra, pai. Vão achar que eu sou uma dessas meninas que gostam de coroas e escolhem namorar um cara com idade para ser o pai delas. Mas eu já tenho um pai. O que não tenho é uma mãe.

A festa é um aniversário de 15 anos num bufê que imita a Grécia. Colunas gregas e deuses esculpidos em mármore por todos os lados. Não existe nada mais cafona no mundo do que esculturas gregas em mármore. Algumas meninas da Escola Americana também fizeram essa mesma comemoração absurda. Vestidos longos combinando, valsa, discurso e um telão com fotos dos melhores momentos da menina, que sorri sem graça como se não quisesse nada daquilo, apesar de ter planejado a festa por pelo menos uns dois anos. Aqui é a mesma brisa. Com a diferença de que contrataram uma banda de velhotes barbudos que têm um repertório superantigo e não sabem quem é a Taylor Swift. Deve ter sido uma exigência dos pais, que afinal de contas estão arcando com esse desperdício de tempo e dinheiro. Enquanto a banda se troca em um camarim improvisado, poucas pessoas na pista dançam ao som de Taylor Swift.

– Babacas.

– É. Babacas.

Jane veio comigo. Se é para me distrair de verdade, prefiro o silêncio dela do que as frases conhecidas e gastas das outras meninas. Mesmo porque a Serena e a Kellen jamais viriam em uma festa assim espontaneamente. Não existe improviso para aquelas duas. Eu e a Jane olhamos silenciosamente para as roupas das garotas, o tal traje esporte fino. É tudo muito patético. Jane não me pergunta o que aconteceu no hospital nem quer saber o que estou fazendo em uma maldita festa de 15 anos. Agora o DJ está mandando uma música sertaneja.

– Demorei?

O Martim acabou de chegar. Ele está aqui, meu ex sempre esteve comigo e eu não consigo evitar.

– Não, a gente acabou de chegar. Jane, Martim. Martim, Jane.

– A gente se conhece, Rosa.

Minha amiga olha para ele com um ar de desprezo.

– É?

Jane vai para a pista e começa a dançar de um jeito estrambótico. Todas as meninas de vestido longo e os meninos de terno olham para essa figura. Ela é gorda, está de saia jeans, usa uma meia arrastão preta e furada e um tênis detonado. Acho lindo esse contraste, ela é a garota mais maravilhosa da pista. Minha amiga brilha no meio dessas meninas magrelas que usam praticamente o mesmo vestido, o mesmo corte de cabelo e as mesmas palavras umas das outras. Eu não me importo de estar de calça jeans nessa festa. O Martim, exatamente igual aos outros meninos de terno preto, põe a mão no meu ombro.

– Como você tá?

– Melhor.

– Eu adorei que você me convidou pra essa festa.

– Achei mesmo que era a sua cara.

Ele entende a ironia e não disfarça. Música sertaneja, vestidos longos, e só não tem tênis brancos porque os meninos estão usando sapatos de couro horríveis. Me sinto culpada, mas ele parece mesmo estar em casa. Enquanto a Jane dá um show no salão, sentamos sozinhos em uma enorme mesa redonda, decorada com um vaso com uma flor artificial posicionado bem no centro.

– Eu acho que a Serena e a Kellen estão sentindo a sua falta. Você não pensou em chamar as duas?

– Não.

O assunto morre. Resolvo dar um beijo no Martim. Não é igual àquele dia na praça nem tem mais o mesmo gosto de antes.

– Gostei disso.

O Martim acha que tem. A cortina abre e a banda entra com tudo. Eles começam tocando Creedence e todo mundo sai da pista. Meu pai assiste ao show do lado do palco. Ele está triste e nervoso, dá para perceber. O Renato envelheceu mil e oitocentos anos nos últimos dias. Nem sei se gosta mais desse tipo de rock chato que a banda dos amigos toca, mas sei que ele quer que essa festa aconteça de qualquer maneira. A Jane dança Creedence do mesmo jeito que dançava sertanejo há poucos minutos. Ela se diverte com qualquer coisa, eu acho.

Já estamos no meio da segunda música e até a Jane desistiu da pista. Meu pai me olha de um jeito estranho. O Martim está constrangido.

– Será que eles não sabem tocar, sei lá, um Charlie Brown Jr.?

Puxo meu ex para a pista meio sem saber o que estou fazendo.

– Não sabem. Vem.

Dançamos, nós dois, uma música que nem eu mesma conheço. A Jane volta para o salão e se empolga. Pouco a pouco, os convidados cafonas e impecavelmente vestidos vão entrando no clima. Uma menina até tira o sapato. Eu danço como se não houvesse amanhã. Nem ontem. Nem Maria Célia. Nem *tsunami*. Sempre gostei de ouvir música bem alto e fingir que estou em outro lugar. É como se eu entrasse em transe. Um transe bom, tipo um teletransporte. Não para outro planeta, mas para outro tempo. Um tempo mais à frente, tipo *flash forward* de série.

Imagino que tenho 26 anos e sou uma grafiteira reconhecida internacionalmente. Deixei meu traço em todos os muros das cidades mais legais e descoladas do planeta. Danço sozinha ao som de uma banda islandesa de post-rock. Meu cabelo continua curto, mas agora está vermelho. Tenho as unhas dos pés pintadas de vermelho também, acho chique. E consigo dançar em cima de uma sandália de salto grosso e antigo, dessas que a gente compra em brechó. Um pé depois do outro. Jogo a cabeça para trás e vejo meu pai dançando.

Meu. Pai. Dançando. Dançando. Acho que nunca mais vou conseguir tirar essa cena da cabeça. Ele está ridículo. Pula de um lado para o outro e pisca para mim, feliz porque eu comecei a dançar e fiz a pista encher. Paro imediatamente e olho para essa cena patética.

– Vem dançar comigo, filhota.

Socorro. Quem é esse? A Jane acha divertido. Ela dança na frente dele, fazendo passos muito esquisitos. Meu pai imita minha amiga. Os dois dançam juntos enquanto a festa toda assiste. Meu pai imita um robô. Socorro. Alguém me tira daqui.

– Vem.

Martim percebe meu desconforto e me puxa para o terraço. Faz um frio do cão, então ele me abraça. Como é que essas meninas malucas conseguem ficar só com vestido de alcinha? Do nosso lado, uma roda de meninos de terno fala um monte de bobagem. Falam alto, claro.

Um garçom passa e oferece uma bebida para a gente. O Martim faz que não com a cabeça. Aceito sem perguntar o que é, lembrando das tantas vezes que passei por uma cena parecida com essa: as festas do último ano do Ensino Médio, quando quase todos os alunos bebiam qualquer coisa só porque já se sentiam quase na faculdade e, supostamente, isso era o que eles tinham que fazer.

Pitu, você não precisa ser igual aos outros só porque chegou na adolescência.

Eu tomo a bebida, que na verdade é ruim, bem rápido. Continuo sem saber o que é. O Martim está preocupado.

– Por que você fez isso, Ró?

– Como assim?

– Você nunca foi de beber, né?

– Eu também nunca tinha vindo em uma festa de 15 anos de calça jeans, com você e a Jane.

– Mas você acha que...

Não deixo o Martim completar a frase. Dou outro beijo na boca dele, que engole o sermão e as certezas. No começo, o beijo é tímido e um pouco sem graça. Mas não demora para se transformar em uma daquelas cenas de filmes que nós gostamos de ver sozinhos no quarto à noite. Não sei se é porque nós dois finalmente perdemos a virgindade ou se é porque o troço que eu bebi me deixou mais solta, mas não estou nem aí.

Aperto as costas do Martim com força. Ele beija meu pescoço e levanta minha blusa. Escuto os meninos da rodinha saindo. "Melhor deixar os dois", um deles diz. Nos encostamos na parede do terraço. Minha respiração está ofegante, a dele também. Minha cabeça começa a girar. Escuto a voz do Martim bem de longe: "Melhor parar, Ró. Seu pai tá aí". Eu não paro. Mas minha cabeça gira.

A banda está tocando Tom Petty. Tudo gira. A música parece distante, as vozes também. Sinto medo. É como se eu não estivesse mais aqui. Meu coração dispara de uma hora para outra. Bate muito rápido e alto, me deixando ainda mais tonta. O mundo gira e meu corpo fica cada vez mais frio. Beijo o Martim e não consigo respirar. Quem sabe o beijo dele não me salva, como naquelas histórias idiotas de príncipe encantado?

Não, filha, não existem príncipes encantados nem princesas. Só mulheres fortes, rainhas como você.

Meu coração bate ainda mais forte e fica apertado de saudade. O Martim fala comigo, mas não entendo. O beijo acabou e agora estou sentada no chão. Alguém joga uma garrafa de água muito gelada na minha cara.

– Pirou, garota? Tá com síndrome do pânico e vai tomar uísque?

Esporro da Jane. Uma lição de moral da menina que todo mundo fala que é uma drogada. Síndrome do quê? Quem foi que falou para ela?

– Tem gosto de gasolina, acho.

Faz frio. A água que a Jane jogou em mim molhou toda a minha camiseta. O Martim me oferece o paletó, eu faço uma careta para ele e não aceito.

– Melhorou? Vamos entrar, seu pai já deve estar preocupado.

Voltamos para o salão. Meu pai está na frente do palco e não dança mais como um cabrito; agora, está se comportando como um adulto normal. Eu tento voltar a ser a grafiteira *cool* de cabelos vermelhos e danço como se estivesse sozinha na pista. Mas a música acaba e os caras da banda começam a tocar uma versão rock and roll de "Single Ladies".

Olho para o meu pai e é claro que ele está chorando.

Capítulo 21

Ando por uma cidade pequena com ruas de paralelepípedo. Eu e meu pai de mãos dadas, como um desses casais de homem mais velho e garota mais nova. Não, de jeito nenhum, somos pai e filha. Subimos uma ladeira muito íngreme e não falamos nada, senão o ar acaba. É muito difícil subir essa ladeira. É muito difícil respirar nesse lugar. Um carro passa com o som bem alto – Los Hermanos no volume máximo. Meu pai sabe que essa banda me deixa triste, então aperta bem forte a minha mão.

Alcançamos a esquina de cima, entramos em uma sorveteria e peço sorvete de pistache, meu preferido. Escuto uma risada alta e conhecida, me distraio e a bola de sorvete cai da casquinha. Pego um guardanapo e abaixo para limpar o chão, *porque a nossa sujeira somos nós que limpamos*. Levo um susto quando levanto. Ela está lá, bem do meu lado. Descabelada e de tênis, o figurino preferido dela. Eu dou o abraço mais apertado do mundo na minha mãe.

– Saudades, mãe. Muitas saudades. Por que você demorou tanto para voltar?

Eu choro. Choro muito. Não sei se de alegria ou de emoção. Meu pai fica sem reação. Julieta olha para a minha cara como se não entendesse nada, parece que ela não sabe quem eu sou. Meu coração encolhe. Dói demais. A mulher que eu abracei e chamei de mãe está de mãos dadas com um menino pequeno, que deve ter uns 2 anos. Um garotinho sorridente de óculos. Ela o pega no colo e fala em um tom bem constrangido.

– Desculpa, acho que você se confundiu.

Acordo na parte de baixo do beliche com um sorriso no rosto e uma sensação boa. Uma mistura de felicidade com sorvete de pistache e o som da risada dela.

Tenho esse sonho recorrente algumas vezes. O cenário muda, mas a história é sempre a mesma: estou em algum lugar diferente e encontro minha mãe. Pode ser cidade, praia, campo, montanha, megalópole, não importa... Fico feliz, emocionada e entendo que ela não morreu coisa nenhuma, só quis mudar de vida, de ares e de história. Por isso sumiu de casa e foi construir outra família. Eu fico triste porque ela não me reconhece, mas logo sinto um alívio enorme por entender que ela está viva. Minha mãe está viva.

Os dias estão mais quentes agora. Entre sonhos, saudades, episódios assustadores de pânico e infinitas horas vendo vídeos de gatinhos, escuto dos outros que essa é minha vida nova. Nela, sou uma menina forte que mantém as unhas curtas e lixadas e que sorri timidamente para os novos colegas de classe. Sim, as aulas na outra escola já começaram. Não senti o tal frio na barriga horroroso que todo mundo diz sentir quando encara uma mudança de turma. Porque, na real, a pior mudança que poderia acontecer comigo já rolou. Os alunos parecem normais e não usam tênis brancos nem mochilas que custam o que meu pai provavelmente demora uns dois meses para ganhar no trabalho. Ninguém fez muito esforço para se aproximar de mim, apesar do discurso insistente da professora de Literatura, que repetiu inúmeras vezes a palavra "acolhimento". Alguém deve ter contado minha história para ela, então a mulher quis amenizar minha dor. Ela lembra a minha mãe. Usa palavras bonitas e tem uma risada escandalosa.

Fui ao tal médico psiquiatra com meu pai e ele também falou por quase uma hora, mas as palavras não eram bonitas como as da professora. Ouvimos muitas explicações científicas desinteressantes sobre o funcionamento do cérebro, neurotransmissores e gatilho de pânico, o tal medo de ter medo. Ele me receitou um remédio caro e superforte, que finjo que tomo e jogo na privada, porque a cartela fica no armário do único banheiro que tem na casa da minha avó. Eu desenvolvi um método de autoproteção que vai além da respiração aprendida com a professora de meditação da escola antiga e com a Jane: não entro mais em lugares apertados ou pequenos e sempre sento perto da porta. Tem muitos dias em que acho mesmo que vou morrer. Muitas noites em que quase chamo o Renato e conto toda a verdade, mas não quero que ele saiba sobre o remédio. Às vezes, o medo que tenho é de ficar louca. Ou de morrer sozinha, dormindo, como ela. Em algumas manhãs em que a crise está brava, eu minto para a Maria Célia e para o meu pai que estou com cólica. Minha avó não gosta muito de falar no assunto, porque menstruação "é coisa íntima de mulher".

Ela parou de implicar com a Fernanda Montenegro e de uma hora para outra virou aquelas velhas que fazem voz fininha para conversar com os gatos. Meu pai deve ter falado com ela, porque a Maria Célia mudou um pouco desde os primeiros dias que passamos na casa dela – que nunca vai ser a minha casa, por mais que o Renato insista. Agora, minha avó me olha com uma cara estranha e se esforça para ser mais compreensiva. Nós jogamos buraco juntas, mas não temos assunto. É um buraco silencioso. Também não tenho assunto com o Martim, só que ele continua do meu lado. Aqui, nessa casa triste, a porta do quarto também sempre tem que estar aberta. Mas a Maria Célia costuma dormir por mais de duas horas depois do almoço, o que nos dá uma margem de tempo bem boa. Somos adolescentes apressados.

Outro dia eu peguei meu pai olhando para mim assustado. Era um domingo, dia universal do bode e aniversário dele. Churrasco com primas e primos que eu não conhecia, porque nunca frequentei esses eventos antes. O vinagrete acabou e uma prima que tem o cabelo pintado de loiro me puxou pela mão.

– Vem comigo – disse ela. – Sou a mestra em cortar tomate bem pequeninho.

Dei uma risada alta e histérica e respondi:

– Fazer vinagrete? Tá maluca? E ouvir a conversa estúpida das mulheres mais misóginas que eu conheço?

Não entendo por que o Renato me olhou daquele jeito, com o pânico estampado na cara. Detesto vinagrete. Deixa um gosto de cebola horrível dentro da gente. Um bafo de morte que não sai nunca.

Nesse dia, eu disse que estava com dor de cabeça e fui para o quarto, porque toda vez que fico no meio de um monte de gente a crise começa, o ar some e eu acho que vou desmaiar e morrer. Então, tento controlar minha respiração e vou para outro lugar, porque não quero que ninguém saiba que estou me sentindo assim, cada vez mais assim, porque isso é assunto meu e sei que só eu posso resolver, e eu sou forte e vou resolver, e enquanto não resolvo, os dias passam, as semanas também, as aulas de Física e Química parecem iguais, e as pessoas não são tão iguais assim, mas elas não me importam mais porque a verdade é que eu só quero que isso acabe logo de uma vez: os dias, as tonturas, os jogos de buraco, os beijos que não têm mais gosto, os desenhos que não faço mais e as verdades que eu quero falar para minha avó, que até se esforça para não falar mais nada. Eu sei, reconheço, mas não importa mesmo. Não mais.

Capítulo 22

— A Tezinha fez para você.

É um bolo de chocolate gigante. Três andares de massa com umas frutas esquisitas em cima. Não é meu aniversário, mas as pessoas continuam tentando me distrair e me agradar de qualquer jeito. Tezinha é a empregada da casa do Martim. Ela, o Martim e a mãe dele me olham com certa expectativa.

— Não tá com uma cara ótima? Diz se a Tezinha não é a melhor funcionária que eu poderia ter? Come, Rosinha. Pega dois pedaços de uma vez.

Aposto que a mãe do Martim chama a empregada da casa de funcionária. Bem a cara dela.

Eu abro um sorriso e como um pedaço enorme do bolo.

— É bom, diferente.

— Não tem glúten nem açúcar. Eu achei que você ia gostar.

De verdade, quem é que gosta de bolo de chocolate sem açúcar? A mãe do Martim olha para a minha cara esperando um agradecimento. Eu sorrio amarelo.

— Eu gostei.

O bolo é horrível. Como bem devagar, espalhando as migalhas no prato, do jeito que a gente faz quando não gosta de alguma comida.

– E aí, o que vocês vão fazer? – ela pergunta, desistindo de esperar.

– Nada. Ficar de bobeira no meu quarto – o Martim responde bem rápido.

A mãe olha para ele com uma expressão aflita. Acho que ela ainda não tomou nenhum remédio hoje. Fica um silêncio estranho. O Martim completa a frase.

– Vamos ficar de bobeira no meu quarto com a porta aberta.

E cá estamos, de bobeira no quarto dele com a porta aberta. Será que essa mulher já foi adolescente alguma vez na vida? Já teve hormônios ou beijou na boca por duas horas seguidas? Talvez ela tenha começado a tomar remédios quando criança, então deixou de sentir todas as coisas, as boas e as ruins. Agora, é uma máquina.

Na noite passada, tive uma crise daquelas. Fiquei com o corpo todo gelado. Essa é uma evolução da tontura, um corpo frio como se eu já estivesse morta. Fiquei quietinha no meu beliche duro e não acordei meu pai. Foi horrível. Eu não sei muito bem o que fazer.

Quando você não sabe o que fazer, Rosinha, é melhor não fazer nada.

O Martim faz carinho na minha mão direita.

– Ró, você não acha que é hora da gente falar?

– Do que?

– Da gente

– O que você quer falar?

– Você terminou comigo e depois me mandou uma mensagem me chamando para uma festa na sua casa.

– Eu tô confusa, Martim. Você sabe. Minha mãe morreu.

Ele não responde. E, como tem sido comum entre a gente, nos beijamos para preencher esse silêncio estranho entre duas pessoas que se conhecem desde sempre, mas que de repente não têm mais assunto. O beijo também é estranho porque o Martim está tímido. Acho que deve ser a presença da mãe dele na casa e a porta aberta. Ou a presença da mãe dele no quarto. Sim, ela acabou de entrar aqui. Está coçando a garganta para a gente parar de se beijar.

– Olha só o que eu achei, Rosinha.

A mulher mostra uma saia lápis preta com listras brancas. Eu detesto saia lápis e não gosto nada do fato de ela me chamar de "Rosinha". Não temos essa intimidade. Só uma pessoa me chamava assim.

– É uma saia antiga minha. Não me serve mais. Eu era mais cheinha antigamente. Acho que ela vai ficar tão bem em você.

Rosinha? Cheinha? Genial. Por que raios essa pessoa só fala comigo no diminutivo? Primeiro, ela me chamou de gorda pensando que isso ia me afetar. Segundo, e não menos importante, está tentando me empurrar uma roupa que garotas que trabalham em prédios com janelas envidraçadas usam. Por que será que ela acha que esse treco vai ficar bem em mim? O Martim não sabe lidar com a mãe, assim como o meu pai não sabe dizer não para a Maria Célia.

Eles nunca deixam de ser uns filhos da mãe. Filhos da mãe mesmo, no sentido literal. Você entende?

Quem não entende? O filho da mãe do Martim pisca de um jeito nervoso e fala:

– Experimenta, Ró. Vai ficar gata.

E cá estou eu com a saia lápis no corpo. Desfilo na sala de uma casa cheia de objetos de arte e livros que ninguém lê.

– Não falei? Ficou gata.

O Martim dá aquele sorriso bonito. A mãe dele me pega pelas mãos e concorda com o filho.

– Maravilhosa.

Desfilamos juntas, de mãos dadas, até que ela começa a olhar para as minhas pernas.

– Mas vai ficar melhor ainda sem esses pelos. Eu sei que você não teve tempo de pensar em depilação nos últimos meses. E sei que não tem mais ninguém para te levar em um salão.

Pausa dramática para uma lágrima forçada. Mano, que vontade de dar uma cusparada na cara dela. Se eu não chorei até agora, como é que pode sair uma lágrima grande da cara plastificada dessa mulher-máquina?

– Eu te levo, Rosinha. A Nana, minha depiladora, é um doce. Cera egípcia, não dói nada. E se a gente for agora? Um programa de meninas. Tenho certeza que o Martim não vai se importar.

Cera egípcia? Programa de meninas? Eu perco completamente o ar, sento no sofá e não falo nada. Inspira, expira. O teto com revestimento de gesso da sala da casa do Martim gira. Inspira, expira. O cheiro de cera quente invade meu nariz, meus pulmões, minha respiração... Estou em um estúdio de depilação perto da minha casa antiga. Uma mulher baixinha e antipática passa uma camada de cera na minha perna e arranca os pelos bem rápido. Sinto uma dor profunda e grito muito alto.

– Para! Isso dói muito!

— Com o tempo você se acostuma.

Ela repete o movimento. Dou um grito ensurdecedor.

— Nãoooooooooooooooo!

Minha mãe invade a sala e me puxa da maca em que estou deitada com toda a força.

— Chega, vamos embora. Ela não vai se acostumar com merda nenhuma. Ela não tem que se acostumar com nada disso. Ninguém é obrigada.

Corremos juntas e de mãos dadas por dois quarteirões, eu com a perna semidepilada e ela dando a risada mais alta do mundo. Paramos em uma sorveteria. Tomamos sorvete de pistache com duas bolas de um jeito apressado e histérico. Foi a primeira vez que pude pedir um segundo sabor.

— Hoje pode, Rosinha. Hoje a gente pode tudo.

Sentamos na nossa mesa de sempre e o que se segue é um discurso que minha mãe faz com a boca suja e verde de sorvete.

Ainda sinto cheiro de cera quente e pistache.

O Martim e a mãe dele estão me abanando. Falando comigo. Me oferecendo um copo d'água. Eu só quero que fiquem quietos. Só quero me lembrar da Julieta e do discurso mais doce e maluco que ela já fez na vida. Um discurso que, para variar, foi feito entre lágrimas. Porque minha mãe não tomava remédio nenhum e a risada dela virava choro de uma hora para outra.

— Me desculpa por te levar naquele lugar horrível, Rosinha. Me desculpa? Eu nunca vou me perdoar. Passei a vida toda sentindo dor na depilação e me perguntando por que nós mulheres somos obrigadas a passar por isso. Por que os homens não depilam também? Eles têm pelos na bunda, filha. Na bunda, você já viu?

Silêncio esquisito. Olho com raiva para a minha mãe por tentar arrancar uma informação pessoal minha naquela hora. Mas o discurso continua.

– Quando eu te vi com aquela saia curta hoje, fiquei horrorizada com o tamanho dos seus pelos. Isso mesmo, filha: horrorizada. Porque é isso que as revistas femininas, os homens e os programas de televisão fazem com a gente. Eles fazem a gente acreditar que os nossos pelos são feios, sujos e nojentos. Então, nós nos submetemos a um ritual de tortura mensal como a depilação e não pensamos mais no motivo disso. Até que as nossas filhas nascem, crescem e nós olhamos para as pernas peludas delas e ficamos horrorizadas. Então elas passam a depilar as pernas também, e assim a roda gira. Me desculpa, filha? Eu juro que nunca mais vou te forçar a fazer uma coisa que não queira. Juro que não vou deixar que você se submeta a essas coisas que o mundo acha que as mulheres têm que se submeter. Me perdoa, filha? A sua perna peluda é linda. Linda.

– Tá.

– Você me desculpa?

– Desculpo. Eu só não entendi por que fazer tanto escândalo.

É claro que eu entendi, mas não podia deixar de maltratar minha mãe naquele minuto. Eu não aguentava mais tanto discurso.

A mãe do Martim também está fazendo um escândalo. Ela me pega pelos ombros e sacode meu corpo branco e apático deitado no sofá.

– Rosa, tudo bem? Quer que eu chame seu pai? Rosinha, responde, por favor.

– Tá tudo bem, sim. Tudo ótimo.

– Quer mais um copo d'água?

Eu levanto e ando até a porta.

– Não, valeu. Eu já vou. Só quero te dizer que minha perna peluda é linda. Linda. E você é uma babaca. A maior babaca que eu já conheci na vida.

Eu bato a porta e juro para mim mesma que nunca mais vou voltar nessa casa.

Capítulo 23

Sexta-feira à noite e estou sozinha com a Maria Célia. Ensino minha avó a apagar fotos e vídeos no celular dela, que é bem tosco e não tem quase nada de memória. Repito três ou quatro vezes a mesma coisa, mas ela não aprende. Então, começo a responder as mensagens das meninas que acumularam no meu celular.

A escola é legal.

Eu tô bem. Juro.

Saudades também.

Não sei. O Martim é o Martim.

Ela tá de boa. Velha, né? Enche o saco.

Não, tá viajando. Volta em 2 dias.

Legais. Normais. Iguais a todo mundo.

Eu minto um pouco para a Serena e a Kellen. As pessoas da minha escola nova não são iguais a elas. São iguais a todo mundo, mas elas não são todo mundo.

São uma porcentagem pequena de meninas privilegiadas que não precisam nem arrumar a própria cama, filha.

A verdade é que não sei muito bem como descrever ou falar das minhas novas colegas de classe. Exatamente porque são só colegas de classe. Meu pai e minha avó ficam insistindo para que eu traga "minhas novas amigas" aqui. Sei que eles estranham o fato de eu passar quase todas as noites em casa com os dois, afinal sou uma adolescente. Mas eles também gostam, porque assim não precisam se preocupar comigo. Não precisam dizer que horas devo voltar ou ficar me controlando pelo celular.

Eu me lembro da primeira vez que saí à noite com o Martim e do escândalo que rolou na minha casa. Fomos no show do irmão mais velho do Jaime, amigo do meu ex-namorado. A mãe do Martim ficou de buscar a gente e eu me programei para chegar em casa por volta de meia-noite. Falei com a Julieta algumas vezes por mensagem, e ela escrevia umas coisas bizarras.

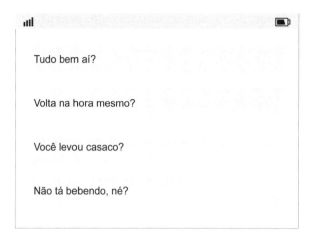

Eu estranhei a quantidade de perguntas, porque ela vivia falando que achava horrível esse lance de os pais usarem o celular como uma espécie de coleira eletrônica dos filhos. Mas era exatamente isso que ela estava fazendo. Quando cheguei em casa, um pouco antes da meia-noite, a Julieta estava no meio de uma crise de choro. Disse que me ligou várias vezes e que eu não atendi, então começou a ficar muito preocupada. A mãe do Martim também não atendeu e ela não tinha o celular do pai.

Aquele homem é um banana que nunca sabe de nada.

Quando peguei meu aparelho, vi que ele estava sem bateria. Então jurei para a minha mãe que nunca mais ia deixá-la sem notícias.

Agora, as poucas vezes que saio é com a Jane, a única menina da Escola Americana que tem coragem de pegar um carro de aplicativo sozinha para vir até o bairro da minha avó. Já jogamos sinuca no boteco da esquina, andamos de bicicleta e skate no parque e tomamos sorvete em uma praça do bairro. A Jane quis conhecer o shopping que fica aqui perto, mas dei uma desculpa para não ir. Não entro mais em lugares fechados. O Martim desapareceu desde o dia em que eu chamei a mãe dele de babaca. São todos uns filhos da mãe.

– "Não posso ficar nem mais um minuto sem você".

Pronto, já era. A Maria Célia tomou a famosa cachaça de sexta e começou a cantar. Se ela ficasse só no Adoniran Barbosa, eu ia achar ótimo. Quem não quer uma avó feliz e cantante? Mesmo que ela só faça isso quando está meio "alegrinha".

– "Sinto muito, amor, mas não pode ser".

O problema é que toda vez que a minha avó bebe, ela abre o coração comigo. Conta coisas que eu não quero saber sobre a relação horrorosa que ela tinha com o meu avô e fala de um vizinho "muito bem-apessoado" que a comia com os olhos. Sim, ela diz exatamente essas palavras. Não dou conta de ouvir sobre a vida sexual da minha avó e saio rapidinho de casa.

– Eu vou fazer um trabalho de Química lá na casa da Stephanie.

Eu não menti. Tenho mesmo uma colega chamada Stephanie que me chamou para fazer um trabalho de Química com ela. Respondi que já tinha feito, mas agora resolvo bater na porta da menina com uma desculpa qualquer.

Stephanie e eu ficamos horas tentando entender a maldita tabela periódica. Somos atrapalhadas pela irmã mais nova dela, um bebê cabeludo de 2 anos que chora sem parar.

– E a sua mãe?

– Ela trabalha naquela pizzaria na esquina da São Carlos, sabe?

– Sei.

– É por isso que nos finais de semana eu tenho que olhar a minha irmã.

A irmã dela anda pela casa e chora. O lugar tem três cômodos, então o escândalo da pirralha atrapalha de verdade. Stephanie vai até o quarto, volta com um pirulito nas mãos e oferece para a irmã.

– Toma, é o último. Chupa bem devagarzinho porque não tem outro mesmo.

A menina para de chorar imediatamente e se joga no sofá com o pirulito na boca. O açúcar é realmente uma coisa milagrosa. Voltamos para a tabela periódica, mas somos atrapalhadas mais uma vez, agora por um barulho estranho que parece motor de máquina de dentista.

– É o meu padrasto. Ele tá fazendo um trampo na edícula.

O trabalho oficial do padrasto da Stephanie é na garagem de uma companhia de ônibus que todo mundo diz ser uma máfia. O outro, que faz nos fundos da casa aos finais de semana, é muito mais legal. Wilson é tatuador. Acabou de aprender o ofício e comprou o aparelho e as tintas de um conhecido.

O barulho da máquina de tatuagem surte um efeito impressionante em mim. Os números atômicos da tabela periódica não entram na minha cabeça. Stephanie se esforça, ela é uma aluna aplicada. Mas eu sou dominada por um desejo e um pensamento alucinado que toma conta de tudo. Tudo mesmo.

Capítulo 24

— Por que isso agora, pai?

— Pra não dar sono.

— Há?

— O cigarro. Eu tô fumando pra não ficar com sono. A fumaça tá te incomodando, né? Desculpa, filha. Devia ter avisado antes.

— Não, pai. Fuma aí seu cigarro. Tá sussa. Te perguntei da viagem.

— O que você quer saber? Estamos no quilômetro cento e quatro. Tá longe ainda, Ró. Pode dormir tranquila. Eu tô ligadão.

O Renato não entendeu. Deixei quieto, ele está todo animado. Estamos na metade do caminho para Ubatuba, onde ele e a Julieta passaram a lua de mel. Vamos acampar na praia de Itamambuca e meu pai acha que estou superanimada para essa roubada que ele inventou ontem. Tive uma briga feia com a Maria Célia por causa da tatuagem que fiz na casa da Stephanie.

"Toda saudade é a presença da ausência de alguém". Julieta adorava esse trecho de uma música do Gil, que agora está escrito no meu braço. Eu adorei, mas minha avó ficou possessa e falou até em ir na casa da Stephanie para brigar com o Wilson.

– Não pode fazer tatuagem sem o consentimento de um maior, todo mundo sabe disso!

– Mas encher a cara e deixar a neta pequena sozinha em casa pode, né, Maria Célia?

Toquei em um ponto sensível, e é claro que o clima pesou. Então ela voltou a ser aquela velha insuportável dos primeiros dias, cheia de regras estranhas e opiniões sobre a minha vida. O Renato decidiu que era um bom momento para a gente viajar. Pedimos o carro da banda emprestado, enchemos as mochilas de roupas velhas e abrimos a barraca na sala para ver se estava em bom estado. Não estava. Tinha mofo, folhas secas e um cheiro estranho de coisa guardada. Mas meu pai não desistiu e acabou descobrindo que o Garganta, tecladista da banda, era dono de uma barraca iglu novinha. Que pena. Agora estamos aqui, nesse carro barulhento, ouvindo Led Zeppelin a caminho de uma praia que tenho certeza que vai estar cheia de borrachudos.

– E o Martim?

Meu pai sempre me pergunta isso quando não tem muito assunto.

– O que é que tem o Martim?

– Ele sumiu. Vocês terminaram mesmo?

– Faz tempo, pai.

– É que depois disso ele apareceu de novo.

– E depois desapareceu mais uma vez. Eu fui grossa com a mãe dele. Sei lá, é complicado.

– Aparecer e desaparecer?

– Não, namorar a mesma pessoa desde sempre. Eu não posso passar a adolescência inteira com o mesmo cara.

Meu pai suspira fundo.

– Mas você gostava tanto dele.

– Gostava. Passado.

– Filha, você não acha que já tá na hora de pensar com a própria cabeça?

– Não entendi, pai. É claro que eu tô pensando com a minha cabeça. Do que você tá falando?

Ele fica quieto. Nós dois sabemos do que se tratava a conversa que ele tentou ter, mas o Renato não quer estragar esse momento pai e filha e resolve aumentar a música. Agora, The Police está tocando no volume máximo.

– Pai, posso colocar uma *playlist* minha?

Até que enfim um descanso daquele rock antigo. Me distraio com a música e o tempo passa mais rápido. Chegamos no *camping* quase meia-noite. A grama está molhada e meu pai não sabe muito bem como montar a barraca. Ele disfarça, mas é fato que passou tempo demais sem fazer isso. Eu penso em ajudar, mas estou muito chapada de sono e acho que só vou atrapalhar. Então, fico com a lanterna ligada para iluminar as tentativas desastradas do Renato de subir o que será nosso teto pelos próximos dois dias. Até que, do nada, um surfista cabeludo com uma blusa social aberta e bermuda com estampa floral aparece.

– Quer uma força aí, *brother*?

– Opa. Quero sim, irmão. Acho que perdi a prática.

Morro de rir quando meu pai usa uma gíria que ele normalmente não fala só para tentar se enturmar. É bem típico do Renato. Em menos de cinco minutos o surfista cabeludo consegue deixar a nossa barraca de pé. Meu pai fica meio sem graça.

– Pô, não sei nem como te agradecer.

– Sem essa, não precisa. Olha só, vai rolar fogueira e violãozinho na frente da minha barraca logo mais. Cola lá, você e a sua mina.

– Minha filha.

– Foi mal. Você e a sua filha.

– Legal. Valeu mesmo. Massa demais. Chocante. Nós vamos sim.

Uma e meia da manhã e não consigo dormir. Borrachudos, chão duro, ronco do meu pai e Raul Seixas bombando no luau com fogueira do *camping*. Queria ver algum vídeo no meu celular, mas a bateria não vai aguentar.

– Tá acordada ainda, filha?

– Tô.

– Você tomou seu remédio hoje?

– Já te falei que sim duas vezes.

– Então escuta o barulho do mar que o sono chega.

– Não dá. A música não deixa.

– Você não quer ir lá com eles? Só tem gente da sua idade, Rosa.

– Ah, claro. É só chegar lá e dizer "oi, eu sou a Rosa, vim aqui porque tenho a idade de vocês".

Meu pai vira de lado e dorme de novo. Como ele consegue fazer isso?

Seu pai não dorme, Rosinha. Ele morre.

Dou risada sozinha com a lembrança. Então, jogo um pouco de paciência para tentar pegar no sono, mas só durmo quando a música finalmente para. O som do mar ajuda mesmo. Acho que, se eu morasse na praia, minhas noites seriam mais tranquilas.

Acordo assustada no meio da noite com o barulho de alguma coisa se mexendo do lado da nossa barraca.

Viro para cutucar o meu pai, mas ele não está aqui do meu lado. Genial. Sozinha em uma praia cheia de borrachudos.

– Pai?

Saio da barraca iglu antes que o medo de ter medo comece. Ando um pouco pela areia, sem lanterna nem nada. Uma lua cheia superbonita está iluminando tudo.

– Pai???

Ouço o som de um violão vindo da praia, de algum lugar bem perto da clareira em que montamos a barraca. É a tal "fogueira com violãozinho". Chego na roda e vejo o Renato tocando uma das quatro músicas que aprendeu com os amigos da banda.

Não entendo por que ele não se empenha em aprender a tocar de verdade.

Do lado dele, uma menina loira de cabelos curtos e desarrumados cantarola "Wish You Were Here", do Pink Floyd, e olha para o Renato como se ele fosse um deus do rock. Ela deve ter a minha idade. Acho bem bizarra essa cena e chego gritando.

– Pai! Por que você não me acordou?!

– Ró! Deu pena, você dormiu tão pesado, estava até roncando. Vem cá, senta aqui do lado da Paola. Ela também tá no mesmo ano que você e conhece todas as músicas do mundo.

Juro que minha expectativa para essa viagem era abaixo de zero. Mas estar em um lugar aberto, longe da Maria Célia e com meu pai só para mim me faz bem. O sorriso triste dele parece menos carregado ao lado dessa galera do *camping*, pessoas que acham muito engraçado conviver com esse tiozinho barbudo descolado que trouxe a filha para acampar.

Ligamos para a minha avó algumas vezes para saber se a Fernandona ficou bem. Ela só responde que a gata continua comendo e está viva, o que interpretamos como um bom sinal. Tenho medo que ela beba e esqueça de colocar comida para a gata, ou pior, que deixe a Fernandona escapar meio que sem querer querendo. Mas é melhor tirar esses pensamentos da minha cabeça. Ainda não tive nenhum tipo de tontura ou suor frio nesse lugar, e tenho que confessar que está sendo bem bom passar um tempo ao lado do Renato. Ele é sossegado e tem me deixado quieta. Estamos os dois largados no sol, em cima da canga hippie que a Julieta comprou em uma das viagens que fez sozinha com as professoras da escola. Eu detestava toda vez que ela vinha com essa história de que estava cansada da vida, do trabalho, da rotina, das mães, das alunas, de tudo ao mesmo tempo, por isso precisava viajar. Só que ela viajava sem a gente, então eu tinha certeza de que a Julieta estava mesmo era cansada da família. Ou de mim, porque a gente já tinha começado a brigar bastante. Acho que sempre usei uma régua meio injusta para medir as atitudes da minha mãe.

– Filha, passa isso. Capricha no rosto e nos ombros, que são as partes que mais queimam.

Meu pai me entrega o protetor solar fator sessenta. Protetor solar? Talvez tenha sido injusta com ele também.

Depois de muito tempo embaixo de um sol de rachar, nadamos um pouco. Mas as ondas dessa praia são bem assustadoras e eu levo vários caldos. Entre minhas tentativas de me manter em pé no mar agitado, o tempo muda e o céu fica preto. O resto da nossa viagem improvisada é desastrosa. Barraca alagada, roupas encharcadas e um trânsito de mais de mil horas para voltar para casa. Meu pai acha tudo engraçado.

– Foi muito bom passar esse tempo todo com você, Amendoim.

– Fazia tempo que você não me chamava assim, pai.

– Como?

– Amendoim.

Capítulo 25

Estou há três horas e meia tentando desenhar qualquer coisa em uma folha em branco, mas não sai nada. Tem sido assim desde que a onda me pegou de surpresa. Enquanto isso, minha avó e o Renato assistem novela na sala. Sim, meu pai está sentado no sofá ao lado da Maria Célia acompanhando a história de uma mulher que fica milionária de repente e descobre que o filho, na verdade, é filho da irmã que ela detesta.

Você já reparou que as mulheres das novelas acordam sempre maquiadas?

Na verdade, não, porque você não me deixava ver novela. Até os meus 12 anos, nunca pude assistir nada que as pessoas da minha idade viam. Foram muitas brigas e birras com minha mãe e inúmeras conversas com minhas amigas em que eu boiava porque não tinha ideia do que elas estavam falando. Nunca me esqueço da época em que elas ficaram absolutamente viciadas em um seriado da Disney e só falavam na tal cantora órfã de mãe que era perseguida na escola por uma loira má. Dormi várias vezes na casa da Serena para poder assistir aos capítulos de *Minhas melhores amigas*, e minha mãe nunca soube disso.

Julieta não soube de milhares de coisas que eu consegui fazer longe dela. Lembro da sensação boa que me dava toda vez que driblava alguma de suas proibições. Era como se eu começasse a existir naquele momento, um pedaço de mim que nunca tinha ouvido falar de Noam Chomsky, que podia ficar mil horas assistindo alguma série infantil boba que me fizesse rir muito.

Quando ganhei meu primeiro celular, a conversa que tivemos na hora do jantar durou mil e duzentas horas. Falamos sobre a luz da tela que faz mal, nudes, *cyberbullying*, redes sociais, privacidade, vazamento de dados, amizades virtuais, a importância do olho no olho e outras quinhentas coisas que não lembro. Depois daquela palestra, eu estava exausta e fui dormir mais cedo do que o normal. Mas coloquei o despertador para tocar às duas da manhã, horário em que Julieta e Renato já estavam dormindo, e passei a madrugada inteira descobrindo todas as coisas que meu novo aparelho era capaz de fazer e olhando o Instagram dos meus amigos.

É exatamente isso que estou fazendo agora. Navego distraída por entre fotos, produtos, paisagens, frases bobas, frases nem tão bobas assim, posicionamentos políticos, brigas, *#tbts*, pessoas com a língua de fora, lembranças, lembranças e mais lembranças.

– Come devagar. Depois seu estômago começa a doer e eu tenho que sair correndo para comprar remédio.

Que lembrança é essa que parece que eu estou aqui de novo, ela e eu na cozinha da casa antiga, ela e eu juntas outra vez, e ela quer uma reposta agora.

– Você detesta remédios.

Não, a resposta não pode ser essa, não de novo. Espera, Rosa, dá para fazer tudo diferente, concentra, tenta lembrar, essa foi a última noite. De repente, sei lá, tem outra palavra, faz um esforço, a Julieta é rápida, sempre tem uma resposta na ponta da língua.

– Sou eu que tenho que levantar para fazer o seu chá.

Não, mãe, tudo igual não, agora não consigo, sou sempre a mesma tentando fazer com que você sinta o que sinto, essa raiva que começa lá embaixo e explode dentro do meu peito toda vez que você come tão devagar assim, por favor come mais rápido, fala alguma coisa diferente, eu não quero saber tudo o que você vai falar, celular, Martim, o tamanho da minha unha, minha vontade de comer doce, que faz mal, minhas amigas que só pensam em comprar, o quanto é difícil ser professora nesse país, fala alguma coisa que eu não sei, mãe, assim a gente muda tudo hoje, é a última noite, não, não quero última nada, é minha vez de falar.

– Dá. Eu sei esquentar água e colocar aquele saquinho dentro, né?

Saiu sem querer, mãe, eu quero chá, faz de novo e de novo e de novo aquele de morango que eu mais gostava, de novo, mãe, levanta agora, muda tudo, não pode ser a última noite, última nada, última não é uma palavra boa.

– Não, espera, filha. Eu cortei manga pra gente.

– Eu já tô cheia.

– Toma um café.

– Café? Depois meu estômago começa a doer e é você que tem que levantar para fazer um chá.

Não, eu não quis dizer isso, era outra coisa, espera, fica aqui, quero chá, a porta do quarto fechada, meu coração disparado, a voz da Julieta, a voz mais linda do mundo.

– Rosa, vamos conversar?

– Agora não dá.

– Depois?

– Tá.

Não, depois não, não tem depois, agora só tem nunca mais, Julieta, espera, volta, não tem mais volta, eu quero falar tantas outras coisas, vou colocar meu celular para despertar às duas da manhã de novo, vou te acordar antes de tudo acontecer, mãe, te acordar com um beijo, e aí a gente vai conversar, eu quero te ouvir, quero chá, quero ouvir de novo a voz mais linda do mundo, a porta do seu quarto aberta, eu te dou um beijo três da manhã, você não abre o olho, abre o olho, mãe, abre o olho, mãe, por favor, eu grito mais alto como se isso sim fosse a última coisa que vou fazer no mundo

– Por favor, mãe. Abre o olho.

– Filha?

É meu pai que fala do beliche de cima.

– Oi?

– Tá tudo bem?

– Tá. Só vou ao banheiro.

Eu menti. Levanto e coloco os dois pés no chão com muita força, tentando não cair. Piso firme para entender que agora estou aqui, nessa vida nova de paredes verde-claro. Meu pijama está molhado de suor e o quarto gira como se eu estivesse em um daqueles brinquedos de parques de diversão que deixam a gente tonta. Meu pai já voltou a roncar.

Um passo depois do outro, o banheiro é logo ali, a manhã também, logo vai virar dia, vai ficar claro de novo, logo a tontura vai embora, eu durmo um pouco, abro o olho, um novo dia, uma nova vida, eu só preciso fingir um pouco mais.

Capítulo 26

Escuto a porta da sala bater, acho que meu pai voltou da farmácia. Corro para a sala e pego a sacola das mãos dele.

– Pô, com abas, pai?!

– Ué, tem diferença?

– Aham. As abas!

Minha avó para de lavar o arroz e entra na conversa sem ser chamada.

– Isso é porque ele é homem, Rosa. Coisa mais sem sentido um cara barbado como o seu pai ter que comprar absorventes pra você. Homem não sabe dessas coisas.

Reviro os olhos e faço uma careta para meu pai. Ele abre a geladeira, pega uma cerveja e diz:

– Por favor, mãe, tava tudo indo tão bem. Vocês não vão voltar a brigar agora.

Me instalo na mesa da sala para tentar terminar a minha lição de Matemática. Desde a noite passada, estou com ranço desse quarto. Essa casa é pequena demais para nós três. Ou pequena demais para alguém que carrega escondido esses sintomas que eu tenho. Minha avó responde com aquela voz de pessoa atormentada.

– Não estou brigando com ninguém, só falei o que eu acho.

– Cadê o abridor?

– Joguei fora semana passada. Tava enferrujado.

De um jeito bem ogro, Renato tenta abrir a garrafa de cerveja com a boca. É assustador.

– Tá doido, filho?

– Os caras da banda conseguem.

– Vai estragar os dentes. Vê para o seu pai se não tem um abridor lá no armário do corredor, Rosa. Deve estar em um saquinho plástico com uma etiqueta escrito "Coisas antigas". São do meu enxoval, acredita?

Acredito. Apesar de pequena, essa casa é capaz de abrigar uma vida inteira de objetos comprados e quase nunca usados. Vou bem sem vontade até o tal armário e, quando o abro, uma caixa despenca nos meus pés. São cartas, cadernos e agendas antigas com a letra da minha mãe. Corro para a sala com um deles na mão e pergunto para os dois:

– O que é isso?

– São as agendas que sua mãe fazia na adolescência.

Olho para o meu pai com raiva.

– Como assim? O que as agendas da minha mãe estavam fazendo com as coisas velhas da Maria Célia?

– Tá vendo? Eu tô quieta aqui no meu canto e ela só fica me chamando de "Maria Célia".

Minha avó vai para o quarto resmungando alguma coisa que não entendo nem quero entender. Meu pai, que é um filhinho de mamãe, fala bem baixinho para não magoar ainda mais sua musa maior.

– Nós achamos melhor você não ficar vendo as coisas da sua mãe agora, filha.

– Não foi você que me falou que já estava na hora de eu pensar com a minha própria cabeça? Você não acha que isso tinha que ser uma decisão minha?!

Vou para o quarto sem esperar a resposta do Renato. Bato a porta com toda a força do mundo e abro uma das agendas. Tem uma foto dela com um cabelo absurdamente armado e uma roupa estranha e supercolorida. A moda é mesmo uma parada muito esquisita. Dezessete de fevereiro de 1984. Julieta tinha brigado com a mãe porque ficou muitas horas no telefone com uma amiga e não estudou para a prova de Inglês. No fim da página está escrito que ela gostaria de descobrir que tinha sido adotada, porque não se parecia em nada com aquela família odiosa. Ela menstruou pela primeira vez no dia 14 de março daquele mesmo ano e, com uma letra um pouco tremida, diz que não sentiu nada de diferente, só achou estranho ter ganhado um anel de prata da mãe.

Por que raios ela acha que eu tenho que ganhar um presente só porque agora vai sair sangue de dentro de mim todo santo mês?

Dou risada e lembro que a própria Julieta me deu um presente no dia em que menstruei pela primeira vez. Mas eu estava tão irritada com minha mãe que não achei graça nenhuma. O presente era, também, um pedido de desculpas. Quando vi uma mancha de sangue na minha calcinha pela primeira vez no banheiro da escola, voltei correndo para a classe e pedi, de um jeito bem discreto, um absorvente emprestado para a Serena.

Estávamos no meio de uma prova de Geografia, e a Dirce, a professora, ficou bem irritada com o fato de eu pedir para sair da classe mais uma vez. Tive que cochichar no ouvido dela o que estava acontecendo, então ela entendeu tudo e me liberou para ir no banheiro de novo. Acontece que a Dirce era bem amiga da minha mãe e as duas passavam os intervalos das aulas conversando. Não deu outra: no começo da aula de Português, quando eu já estava com o absorvente na calcinha e nem lembrava mais do acontecido, a Julieta entra na classe rindo e chorando ao mesmo tempo em que gritava.

– Eu não acredito que passou tão rápido, filha! Não pode ser, Pitu. Você menstruou!

De todos os momentos constrangedores que tive na vida, aquele foi o pior. Eram os primeiros dias do sexto ano, tudo ainda estava muito confuso com milhares de professores, matérias novas, amigas querendo ser adultas. E minha mãe, professora, entrou chorando no meio da aula e aproveitou para espalhar para todos os alunos que eu estava sangrando bem naquele momento. Eu não sabia onde enfiar a cara. A professora de Português, que não lembro o nome, olhou para a minha mãe com cara de quem não estava acreditando. Julieta percebeu o tamanho do estrago, colocou as mãos no rosto e saiu da classe chorando ainda mais. Depois, tomou uma advertência da Leonora porque estava deixando as histórias de casa invadirem a escola.

No intervalo seguinte, ela veio me pedir desculpas com um chocolate nas mãos. Esse era o presente: um bombom meio mofado que tinha comprado na cantina da escola. Eu não perdoei. De verdade, aquele foi o maior mico que já paguei na vida. Acho que passei umas duas semanas sem falar direito com a minha mãe. Em pouco tempo, nossos períodos menstruais começaram a acontecer na mesma época.

Mulheres que moram juntas, menstruam juntas. Isso é tão absurdamente poderoso, não é?

Sim, mãe. É mágico, como você mesma dizia. Além de ficar atenta aos meus altos e baixos hormonais, minha mãe instituiu uma tradição lá em casa: toda vez que eu ficava menstruada, ela aparecia com um bombom nas mãos.

Que mulher menstruada não tem vontade de comer um chocolate?

Não tinha como não amar demais essa pessoa. Agora, estou menstruando sozinha e olhando para as ripas de madeira do beliche em que durmo com o meu pai. Ele entra no quarto com uma banana nas mãos e olha para mim com cara de quem não sabe o que fazer.

– Pai, compra chocolate para mim?

– Bombom, filha?

– Não. Qualquer outro tipo.

Capítulo 27

Estou morrendo de sono na aula de Geografia. Minha cabeça tomba para a frente e meus olhos parecem estar cheios de areia.

Hoje o idiota do Francisco dormiu uns vinte minutos na minha aula. Você pode imaginar como eu me sinto?

Levanto a cabeça imediatamente, em um esforço absurdo. A real é que já vi essa matéria antes, acho que no nono ou no primeiro ano do Ensino Médio, na minha antiga escola. Passei a noite anterior quase em claro lendo uma das agendas da minha mãe. Decidi seguir a ordem cronológica e continuei na que ela tinha 13 anos. É engraçado, a letra dela já era firme e bonita. Julieta se achava adulta demais e escrevia umas coisas existenciais e desencontradas, tudo misturado com algumas letras de música e desenhos. Nunca soube que ela desenhava. Tem muita raiva ali naquelas linhas. Da família, dos professores e, especialmente, da mãe.

Escreveu em várias partes que queria mais liberdade, que a mãe a reprimia demais. Achei estranho alguém daquela idade ter usado o verbo "reprimir". Mesmo porque a vida dela aos 13 me pareceu bem mais interessante do que a minha agora, essa nova vida. Ou até da minha vida anterior, quando ela era viva.

Julieta morava em uma cidade pequena do interior e andava a pé para todos os lados. Era cheia de amigos e vivia saindo. Tudo o que fazia, colava na agenda. Se ia na sorveteria com a amiga Maria Cláudia, grudava o palito do sorvete na agenda. Se recebia um bilhetinho na escola, colocava lá também. Sim, ela recebia bilhetes, enviava outros em resposta e não prestava tanta atenção na aula assim. Em várias páginas, ao lado de trechos de músicas do Legião Urbana, escreveu que as aulas eram tediosas. Mas teve uma coisa que me deixou engasgada. Ela bebia, aos 13 anos. Saía com as amigas para andar na rua principal da cidade e tomava uma mistura de vinho ruim batido com abacaxi. Isso para mim não é uma pessoa reprimida. A sensação que tive lendo essa primeira agenda foi de que a Julieta teve um começo de adolescência bem divertido.

– Rosa, tudo bem aí?

– Tudo. Por que, professor?

– Nada. Só te achei meio distraída.

Não tenho vontade de falar para ele que já estudei a tundra ou os outros tipos de vegetação. Kleber, o menino que senta atrás de mim, cutuca as minhas costas.

– Mostra a *tattoo* que o Wilson fez? A Stephanie falou que ficou lokaaaaaaa!

Tento mostrar o braço para ele sem que o professor veja, mas não rola, então me viro para trás colocando a frase bem na cara dele.

– Lokaaaaaa mesmo! De quem é a frase?

– Do Gil.

– De quem?

Não respondo e, quando volto a olhar para a frente, vejo o Renato na porta da classe. Quase não tenho tempo de pensar o que meu pai pode estar fazendo ali. Antes que consiga piscar ou me mover, volto para aquele dia maldito. Minha nova vida é cheia de lembranças antigas. Antes que eu consiga respirar fundo ou fazer qualquer coisa, a onda acontece. *Tsunami* gigante em câmera lenta, Renato ali na porta da sala, a professora olhando para ele, eu estou subindo uma montanha, o ar está no fim, até que ele acaba, mas a onda, não. Apagão.

Uma cena bizarra está acontecendo na casa da minha avó. Kellen, Serena e Jane bebem refrigerante enquanto Renato e Maria Célia dividem uma cerveja. É meu aniversário e meu pai decidiu fazer uma festa-almoço surpresa. Foi por isso que decidiu me buscar mais cedo na escola, e não imaginou que a presença dele parado feito estátua na porta da classe pudesse me lembrar de um certo dia. Só que lembrou, e eu não segurei a onda. Voltei rápido do desmaio e o professor me mandou para casa.

No caminho, fiquei tentando convencer o Renato de que foi só pressão baixa. Ele não parou de me fazer perguntas sobre o remédio, meus sintomas, meus episódios de insônia, meus amigos e minha nova escola. Depois, quis saber por que eu não tinha falado sobre o meu aniversário. A verdade é que eu tinha esquecido; não faço agendas nem consulto o calendário do celular diariamente. Meu pai ficou intrigado com essa distração e disse que não tinha tocado no assunto comigo por causa da surpresa que ele e a Maria Célia iam fazer. Surpresa é uma coisa superestimada. Agora estamos aqui, nessa cena bizarra. Rola um silêncio constrangedor, até que a Maria Célia resolve falar.

— E o Martim?

Meu pai faz um sinal de negativo com a cabeça para a minha avó. Ela insiste. Maria Célia não é do tipo que entende sutilezas.

— Você esqueceu de convidar? Que pena, Renato. Eu gosto tanto daquele garoto.

Vou até o balcão da cozinha, me sirvo de refrigerante e ofereço mais para as minhas amigas.

— Alguém quer?

Só a Jane aceita. A Maria Célia faz cara de quem vai pedir também, mas eu ignoro.

A Kellen, que sempre teve problema com silêncios constrangedores, assume o comando.

— Mostra seu quarto novo pra gente, Ró.

Quarto novo de paredes verdes descascadas com as amigas antigas e uma mais recente: a Jane, que hoje está com um vestido roxo com bolinhas brancas e um coturno vermelho. Meu sonho é ser estilosa como essa garota.

— Radical esse beliche. Sempre quis ter uma dessas, Rosa.

— E por que não teve?

— Coisa de pais psicanalistas. Eles achavam que uma cama vazia em cima de mim ia me lembrar demais o fato de eu ser filha única.

A Kellen solta uma risada meio fora do tom.

— Que fofos. Eu acho muito triste ser filha única. Detesto.

— Eu adoro.

A Jane sempre tem uma resposta na ponta da língua. Ela sobe na parte de cima do beliche e acende um cigarro. Fico tensa pensando que a Maria Célia pode sentir o cheiro da fumaça e vir até aqui encher o saco, mas resolvo não falar nada. A conversa segue de um jeito bem estranho. A Jane não tem nada em comum com a Serena ou a Kel, e a real é que eu também sinto que não tenho mais assunto com nenhuma das duas. Então a Serena tira da cartola a pergunta que o mundo inteiro resolve fazer quando a conversa não flui, porque ninguém sabe mais o que dizer.

– Mas e o Martim, Ró?

Capítulo 28

No caminho da minha nova escola para a casa da Maria Célia, Stephanie e eu seguimos quietas. A mochila pesa demais, e são muitos materiais, não tem armário nessa escola. Mas tem milhões de outras vantagens, que repito para mim mesma para me convencer de que a mudança que eu não queria foi para melhor. Não tem tênis brancos, mochilas caras e professores falando demais do ENEM. Lucro total, certo? Uma mãe com muitas crianças pequenas atrapalha o ritmo dos nossos passos. Uma delas chora, mas a mulher finge não ouvir. Stephanie pede licença, faz uma ultrapassagem pela rua e eu vou atrás. Levo um susto horroroso com um carro de som que passa vendendo milhões de coisas ao mesmo tempo. Stephanie ri.

— Meu sonho de consumo é ter um carro desses e sair assustando geral.

— O meu é ter um carrinho de milho só para mim.

— Bem ambicioso.

Nós rimos. O cara com quem minha colega está saindo encosta a moto do lado da calçada e fala com ela de um jeito bem direto.

– Vem.

Ela sobe na moto e vai, sem se despedir. Somos assim, e na real não vejo problema nisso. Nós vamos e voltamos juntas da escola, fazemos algumas lições em dupla e só. Ela não fala do Martim, da minha mãe ou da vida amorosa do Brad Pitt.

Minha barriga ronca e eu tenho a impressão de que posso comer uns cinco pratos de uma vez. Dois quarteirões antes de chegar, passo na frente de um boteco, que já está lotado. A maioria, homens que fazem do bar a sua casa. Um deles me olha de baixo para cima e grita:

– Aê, lá em casa! Eu pegava muito...

Eu respondo para ele na lata e sem pensar muito. Sem pensar em nada.

– Você acha mesmo que tinha que me dizer isso, ou foi só para fazer bonito na frente deles?

Os caras do bar começam a rir. O sujeito, que deve ter a minha idade, porque tem aqueles fios curtos de barba que parecem ter nascido na semana passada, olha para mim chocado. Não tem raiva na cara dele, só a surpresa de quem não sabe o que responder. Ele enrola.

– O que foi que você disse?

Também não sei o que responder e, de uma hora para outra, me lembro de algumas regras.

Na dúvida, é melhor não responder, filha. Faz cara de menina que luta krav maga *e vai embora.*

Quando já estou no final da rua, eu escuto a voz do moleque.

– Eu disse que te pegava, e te pegava mesmo, porque você é muito gostosa!

Sempre achei que "gostosa" fosse um jeito de falar meio antigo.

Cheguei em casa em tempo de acompanhar a troca de palavras carinhosas entre a minha avó e o Renato.

– Muito gostosa a manga, filho. Tá doce.

– Acho que finalmente eu aprendi a escolher, mãe.

Nossa, que feito! Com 40 anos, meu pai aprendeu a escolher uma manga na feira. Deve ser uma espécie de recorde. Deixo a mochila no chão e vou fazer meu prato. Enquanto eu pego um quilo de arroz e mais outro de feijão, minha avó vai e volta do banheiro com uma pressa estranha. Ela coloca alguma coisa em cima da mesa da sala e cutuca o braço do meu pai.

– Falo eu ou fala você?

– Eu, mãe. Melhor. Eu sou o pai, né?

Será que ele tem alguma dúvida disso? Quando sento para comer, entendo o que está acontecendo. Ou o que vai acontecer. Em cima de um pano de prato que deve ter sido comprado no século passado, de tão acabado que está, tem um remédio. Uma única cápsula do medicamento que, teoricamente, eu deveria estar tomando. Por um descuido ridículo da minha parte, culpa do sono que sinto antes das oito da manhã, não joguei o remédio na privada hoje cedo, e sim na lixeira. Mas por que raios foram fuçar no lixo?

Meu pai responde a pergunta. Genial. Agora ele adivinha meus pensamentos.

– Eu já estava meio desconfiado, filha.

– E eu agradeço a confiança.

– O desmaios, os suores, o tanto que você anda evitando andar de metrô ou falar com as suas amigas. Desde quando, filha?

Não respondo. Vou para o quarto e finjo que nada aconteceu. Estou ficando cada vez melhor nisso. Meu pai vem atrás.

– Eu me preocupo, filha. Pânico é uma doença.

Não falo nada mais uma vez. A Fernanda Montenegro acorda do que parecia ser um sono profundo e pula no meu colo. Eu entendo que não estou sozinha de verdade; a gata é minha parça.

Renato entra e sai do quarto várias vezes enquanto eu escuto Belchior com os fones de ouvido que meu pai me deu de aniversário.

– O que é que eu faço com você?

"No canto da sala, diante da mesa, no fundo do prato, comida e tristeza."

– Você chegou a tomar algum remédio?

"A gente se olha, se toca e se cala. E se desentende no instante em que fala."

– Tem sintomas todo dia?

"Medo, medo, medo, medo, medo, medo."

– Não acredito que você mentiu pra mim, filha. O que sua mãe diria disso?

Desligo a música e grito com meu pai.

– Julieta diria que esse tipo de remédio vicia! Você sabe muito bem que é isso o que ela diria!

Minha avó entra no quarto no meio da discussão. Nas mãos, o prato que deixei em cima da mesa com uma montanha gigantesca de arroz e feijão.

– Come, Rosa. Ninguém consegue ter uma conversa desse tipo com a barriga vazia.

A luz está apagada e uso a lanterna do celular para ler a agenda que minha mãe fez com 15 anos. Nas primeiras páginas, conta que está apaixonada por um cara mais velho e não escreve sobre outra coisa. Depois de algum tempo, ela deixa de usar o nome dele, que é Mané, e passa a escrever só "ELE". Acho bem estranho ler as coisas que a Julieta escreveu sobre um cara que não é o meu pai. Ele, meu pai, fala lá de cima do beliche.

— A gente precisa conversar, filha. Vou ficar fora duas semanas e não queria te deixar aqui assim.

— E o que você quer que eu faça?

— Quero que você tome o remédio.

— Não. Fora de cogitação.

— E se eu disser que estou mandando?

— Vou responder que tomo e depois vou mentir pra você de novo.

— E se eu ficar junto vendo se você toma mesmo?

— O que você acha que a minha mãe diria sobre isso, Renato?

Capítulo 29

Faz um calor insuportável. Ou o silêncio é insuportável e eu não aguento mais essa situação constrangedora. Estamos meu pai e eu, os dois sentados em cadeiras de praia de frente para uma moça com a franja muito curta que quer saber o motivo da gente estar aqui, sentados nessas cadeiras de praia.

– Você sabe, eu te contei naquele dia.

Vanessa, a psicanalista que eu realmente não contratei, olha para a minha cara e não fala nada. Eu também fico quieta. Os últimos dias foram complicados. Veias saltando no pescoço do meu pai, que só gritava comigo e dizia que a gente tinha que resolver a situação. Minha situação. A semana ia passando e a coisa ficava cada vez mais tensa, porque ele tinha um show marcado com a banda e não queria me deixar sozinha sem estar medicada. Em um dia de aula, tive uma crise horrorosa no caminho para a escola. Não sabia mais onde estava e quase caí na calçada. A Stephanie me levou até a casa da Maria Célia e disse para a minha avó que eu tinha ficado com a cara branca de repente. Depois disso, meu pai se tocou que eu não iria mesmo abrir mão da minha decisão de não tomar remédio e sugeriu que a gente pensasse, juntos, em um método alternativo.

Foi o Garganta, o tecladista da banda que vive jantando na casa da minha avó, que sugeriu o tratamento.

— Psicanálise nela, Renatão. Não tem erro. Ajuda até mafioso safado.

— Mafioso safado?

— Tony Soprano, caramba. Vai dizer que você não tá ligado?

— Não tô ligado.

Eu guardei o cartão da Vanessa desde o dia em que a gente se conheceu na praça. Agora estamos aqui, frente a frente com ela, de cara com a minha "solução alternativa". Ela ainda não disse nada e olha bem no fundo dos meus olhos. Meu pai também está incomodado, não para de se mexer na cadeira.

— Eu nunca pensei que fizesse tanto calor no mês de setembro.

— Tem certeza que vocês vieram aqui para falar do tempo?

Já escutei isso antes. Silêncio e olhar penetrante. Será que está tentando enxergar minha alma ou coisa assim? A praça parece estranhamente vazia. Vejo duas pessoas dormindo nos bancos, uma criança andando de skate com o pai e uma menina, que deve ter a minha idade, lendo um livro supercompenetrada. A própria Vanessa não aguenta mais a situação e resolve falar.

— Então, como foi que resolveram me procurar?

O Renato levanta da cadeira, de tão incomodado que está. Ele precisa ficar em pé para responder.

– Isso é coisa do Garganta. Ele falou de um tal de Tony Soprano. Não, não é isso. É a Rosa, minha filha. Vocês já se conheciam, né? Ela perdeu a mãe faz pouco tempo, a mãe dela era minha mulher. Julieta, sabe, uma pessoa, tipo assim, como é que o povo fala mesmo? Uma força da natureza! É, ela era uma força da natureza. Sabe aquela figura que todo mundo quer ficar do lado e ouvir falar, ouvir a risada? Ela tinha uma risada que durava horas, era gostosa demais. Putz, desculpa, tenho que falar da Rosa, não da Julieta. Sem a força da mãe, sem a risada dela, parece que minha filhinha, sei lá, tipo, murchou. Meio brega falar isso, eu sei, "a Rosa murchou", mas é isso mesmo que sinto. Ela não chorou, sabe? Ela perdeu a mãe, que era essa força da natureza, e ainda não chorou nem uma única vez. Fico preocupado, pensando onde é que foi parar essa tristeza toda. Então o que acontece é que, desde que a minha mulher, minha ex-mulher, será que a gente diz ex quando morre? Desculpa, eu nunca fiz isso antes, tô um pouco nervoso, se estiver falando muito rápido, você me interrompe, tá?

O Renato está falando muito rápido, mas ninguém interrompe.

– Desde que a Julieta se foi, a Rosinha anda assim, quieta, raivosa. Terminou com o namorado que tinha desde muito tempo, se afastou das amigas, parece que substituiu a tristeza pela raiva, tem muita raiva nela, parece que vai explodir o tempo todo, ela nunca foi assim, era unha e carne com a mãe, elas brigavam, claro, mas eram muito grudadas, era um amor que eu nunca tinha visto antes, uma completava a frase da outra, minha mulher sempre sentia de longe quando a filha estava triste, uma coisa bem louca mesmo, ela gostava de passar horas penteando esse cabelão que a Rosa tem, que é lindo mesmo, e assim elas passavam os dias grudadas.

Eu estou em choque. O Renato parece uma metralhadora.

– Mas o que tá rolando é que, além de ter virado outra pessoa desde que a mãe morreu, ela anda tendo uns sintomas estranhos, fica branca, sua frio, outro dia ela se perdeu no caminho da escola, quer dizer, não é que se perdeu mesmo, mas ficou assim, pálida, aí uma amiga trouxe ela de volta. O problema são os desmaios, ela desmaiou pelo menos duas vezes, uma vez sozinha, na rua, vai vendo o perigo! Então foi para um hospital de ambulância e tudo, imagina o meu medo, perder minha filha logo depois de perder a Julieta? Foi logo quando a gente mudou para a casa da minha mãe, eu não queria também, a velha é complicada, mas é uma questão de grana, vida adulta, acho que sabe como é. Então eu cheguei no hospital e a Rosinha já estava fazendo exames, fez um monte, todos, e os médicos não encontraram nada, ainda bem, mas depois um deles recomendou um psiquiatra e disse que minha filha estava, ou está, por isso que a gente veio aqui, acho que foi essa a sua pergunta, porque o médico disse que minha filha está com síndrome do pânico, então fomos no tal psiquiatra, caro pra caceta, e ele receitou um remédio, mas ela não quer tomar o troço de jeito nenhum. Espera, meu sapato...

Vanessa aproveita que o meu pai abaixou para dar um nó no cadarço desamarrado e interrompe o discurso aloprado dele.

– E posso saber por que você não quer tomar o remédio, Rosa?

Não respondo. Mas, agora, meu pai está realmente com vontade de falar.

— Por causa da minha mulher.

— Desculpa, não sei se entendi.

— Ela não quer tomar porque a Julieta achava que esses remédios faziam mal.

A mulher de franja curta olha bem fundo nos meus olhos e dispara:

— E você, Rosa? O que você acha?

Capítulo 30

A Jane me chamou para dormir na casa dela. É um apartamento impressionante, cheio de quadros, objetos de decoração enormes e livros espalhados por todos os cantos. Acho que esses, sim, foram lidos, porque parecem velhos e gastos. Tem uma espécie de escultura na entrada, uma cabeça de alce de olhos fechados. Acho meio bizarro e me pergunto se é um lugar para pendurar bolsas. Sempre achei chique esse negócio de ter um lugar para pendurar bolsas. Quando tiver a minha casa, quero ter uma parada dessas para pendurar todos os lenços coloridos que um dia vou comprar, mas não vai ser a cabeça de um animal. O chão da sala é de cimento queimado, tipo de fábrica, e canos pretos cruzam o teto por todos os lados.

Estamos os quatro sentados num balcão que separa a sala da cozinha, comendo o macarrão que o Jaime, pai da Jane, cozinhou. A mãe dela tem um cabelo curto vermelho-fogo e fala sobre um monte de coisas que eu realmente não entendo – filmes que não vi, lugares que não conheço e política. Ela e o marido detestam o atual prefeito da nossa cidade.

– Ele é mesmo um burguês sem noção que nunca deve ter arrumado a própria cama na vida – eu falo. – Imagina administrar uma cidade?

Pai e mãe da Jane olham para mim com admiração. Minha amiga dá de ombros, mas o Jaime se anima.

– Faz tempo que eu não ouvia essa palavra, Rosa.

– Qual palavra?

– Burguês.

– Minha mãe era professora de História.

– Era? Ela desistiu de dar aula?

– Não. Ela morreu.

Todos abaixam a cabeça e não me perguntam mais nada. A Jane é realmente a pessoa mais silenciosa que eu conheço, acho que herdou essa qualidade dos pais. Depois de alguns minutos de silêncio, a mãe me oferece um lanche. Eu aceito e minha amiga se anima. Faz um sanduíche de três andares para nós duas.

Comemos, rimos e falamos bem pouco sobre as pessoas da minha escola antiga, já que ela não se interessa por nenhuma delas e não lembra o nome de ninguém. O quarto tem uma parede inteira só com fotos de viagens que minha amiga fez por lugares exóticos do mundo. Eu aponto para uma em que ela, ainda criança, está de mãos dadas com a mãe em uma rua cheia de carros, caminhões, vacas, gente vendendo todo tipo de coisa, bicicletas, motos, crianças.

– É em Calcutá, na Índia. Eu não lembro muito de lá.

A Jane enche, com uma bomba automática, o colchão inflável em que eu vou dormir.

– Se a Fernanda Montenegro estivesse aqui, ela furaria esse colchão em dois segundos.

– Qual é o problema da Fernanda Montenegro com colchões infláveis?

– Como assim? Ela é uma gata, lembra? Gatos adoram furar e arranhar as coisas.

A Jane solta uma gargalhada histérica porque não lembrava que minha gata tinha esse nome. Por causa do barulho, a mãe dela bate na porta.

– Tudo bem aí?

– Tudo ótimo, mãe. Foi só uma piada com a sua atriz preferida.

Eu sabia que a mãe da Jane tinha alguma coisa em comum com a minha, para além do fato das duas odiarem o prefeito coxinha da nossa cidade. Quando o colchão fica cheio, eu deito para testar e percebo que estou com muito sono.

– Então, eu queria saber se você vê algum problema nisso.

– Nisso o que?

– No que acabei de dizer. Eu já tô namorando com ela faz um tempo, bastante tempo. Por isso a gente decidiu morar junto. Vamos fazer um brinde?

O Martim sorri e levanta uma taça de vinho. Eu grito.

– Como assim, Martim? Pirou? Ela é minha mãe, você é meu namorado!

Estamos na pizzaria na esquina da casa antiga. O Martim e minha mãe fazem o tal brinde e se beijam apaixonadamente enquanto eu olho em choque e tento dizer para eles que aquilo é errado, muito errado.

– Não, Martim, espera! Vocês não estão entendendo...

Eles levantam da mesa e começam a dançar uma valsa esquisita no meio do restaurante. As pessoas aplaudem e eu não sei onde enfiar a cara.

— Então é por isso que você não queria que a gente namorasse, agora eu entendi, durante todos esses anos você estava gostando dele também, que coisa esquisita, mãe, isso parece uma novela, você nunca gostou de novela nem de valsa, por que vocês estão dançando assim? Onde aprenderam? Não, você não faria isso comigo, acho que você não faria isso comigo, por que todo mundo está batendo palma? Não pode, você é minha mãe, já sei, isso é um sonho, só pode.

Acordo assustada e com as costas grudadas no colchão inflável sem lençol. A luz do quarto está acesa e minha amiga dorme abraçada com um ursinho de pelúcia. Além de silenciosa, a Jane é uma das pessoas mais peculiares que conheço.

Pego meu celular e mando uma mensagem para o Martim.

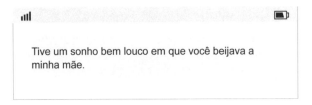

Ele não demora nada para responder, mas dessa vez manda um áudio.

— Rosa, não dá mais pra você ficar fazendo isso comigo, sabia? Você some, aparece, some, aparece, some, vem aqui em casa e xinga minha mãe logo depois de ganhar um presente dela, não pede desculpa e desaparece de novo, depois me escreve no meio da madrugada dizendo que sonhou comigo. Não dá, Ró, não dá. Estou te pedindo, para com isso, por favor.

A Jane acorda com o áudio porque eu não tive o bom senso de abaixar o som.

– Babaca.

Eu peço desculpas para ela, saio do quarto e vou até a sala com o celular nas mãos. Apesar do calor, pisar descalça no chão frio de cimento faz meu corpo estremecer. Piso firme e respiro fundo várias vezes, não quero ter uma crise aqui. O vinho deixou um gosto estranho na minha boca, mas tenho vergonha de explorar a cozinha atrás de água. Resolvo pedir desculpas para o Martim – acho que isso é o que eu mais tenho feito com o meu ex-namorado depois de tudo o que aconteceu.

Vou ter que gravar um áudio, mesmo não sabendo muito o que dizer.

– Acho que é só isso que eu posso te dizer, Martim, porque eu realmente não tenho muito mais o que falar. Na verdade, tenho sim. Tô pedindo desculpas porque sei que fui idiota com você e sua mãe, e VOCÊ não merecia. Sei que tenho agido estranho, mas não tá rolando ser de outro jeito. Também tô ligada que não é legal sumir e depois aparecer. Eu não vou mais fazer isso, prometo. Vou ficar aqui na minha para não bagunçar mais as coisas, eu sei que você não merece isso, pode deixar, eu não escrevo mais, você foi o namorado mais legal do mundo, viu? Beijo e fica bem.

Ele manda um emoji de coração e não diz mais nada. Eu largo o celular e olho para um quadro gigante que tem na sala, que, por alguma razão, eu não tinha reparado antes. É uma foto imensa, em preto e branco, da Jane com a mãe. As duas estão esparramadas em um sofá preto e usando o mesmo vestido. A mãe da minha amiga está deitada no colo dela e olhando com uma expressão carinhosa para a filha, que encara a câmera de um jeito desafiador.

Minha garganta começa a doer de repente e sinto uma vontade gigantesca de chorar, mas é claro que as lágrimas não vêm. Elas nunca vêm. Estou seca.

Capítulo 31

Enquanto a professora de Literatura fala sobre o projeto de final de semestre, leio discretamente mais algumas páginas das agendas da Julieta. O tédio que ela descreve se confunde com o que estou sentindo agora, nós duas presas em vidas medíocres que não pedimos para ter.

Ela está com raiva da mãe, e eu, querendo a minha de volta. Julieta tem páginas em branco para escrever, e eu, paredes verde-claro para me irritar. Ela está cheia de angústia e apaixonada pela primeira vez na vida, e eu não tenho nenhum sentimento dentro de mim que não seja saudade. As páginas se dividem entre o começo do namoro da Julieta com o tal Mané, as brigas em casa, as tardes na escola escrevendo letras de música na agenda e uma necessidade urgente de viver um sonho louco ou ter uma bandeira para carregar.

Era o final dos anos 1980 e minha mãe reclamava de uma suposta falta de ideais.

Odeio estar aqui na frente desse careca idiota que quer me convencer que vou usar química na minha vida adulta. Ele é ridículo, esse uniforme é ridículo, a vida é bem ridícula. Queria tanto ter vivido nos anos sessenta - as roupas, as transformações, as descobertas. Agora é tudo fácil, vazio. Tenho 15 anos e sinto como se estivesse dentro daquela música do Raul: "Eu é que não me sento no trono de um apartamento com a boca escancarada, cheia de dentes, esperando a morte chegar". Eu não quero ficar aqui, esperando a morte chegar nessa cidade em que nada acontece. Preciso me sentir útil, ir atrás de alguma coisa para fazer, lutar as boas lutas. Eu quero lutar as boas lutas.

E eu aqui, querendo esquecer que minha mãe não está mais comigo. Lutando para parar de sentir que vou morrer a qualquer momento. Enquanto ela vai atrás dos sonhos que ainda não viveu, enquanto sente nostalgia de uma época que já tinha passado antes mesmo de ela nascer, enquanto não entende nada da aula de Química, eu mergulho nesses diários dia e noite para ver se fico um pouco mais perto dela.

– E se a Rosa fizesse a capa?

Percebo que a professora de Literatura falou o meu nome e que a classe toda está olhando para mim. A Stephanie abre um sorriso.

– Acho maravilhoso. Outro dia o pai da Rosa falou que ela manda muito bem no desenho.

Eu não sei o que responder enquanto a classe me encara. Na real, não sei nem do que eles estão falando. Já tive quatro sessões com a Vanessa e tem sido bem irritante. Ela escuta as poucas coisas que digo e então transforma minhas palavras em situações completamente diferentes. Tipo, distorce mesmo.

Ontem eu não sabia muito bem o que dizer e acabei contando que, desde que a minha mãe morreu, eu parei de desenhar. Ela me pediu para falar mais sobre isso e eu travei. Ficamos alguns segundos em silêncio, ela lá, com aquela cara de pessoa inteligente e aquela franja curta, e quando me perguntou de novo por que eu tinha ficado quieta, só respondi que tinha travado. Então ela falou por horas sobre destravar, deixar a tristeza sair e chorar e chorar e chorar e chorar e chorar.

Maria Marta, a professora de Literatura, agora está do lado da minha carteira.

– Tá tudo bem, Rosa?

– Aham.

– Então, o que você acha da ideia?

– Que ideia?

– De você desenhar a capa do nosso livro de contos adolescentes.

– Não sei. Posso pensar?

Na saída da escola, a Stephanie encontra de novo o cara da moto, que fuma um cigarro fedido e faz uma pose tipo *bad boy* de filme dos anos 1980. Só faltou tirar o capacete e mexer os cabelos enrolados de um lado para o outro em câmera lenta, mas ele não tem todo esse potencial. O sujeito pisca para a minha colega e ela entende que é para subir na moto, quase como um comando. Acho esse cara estranho, a Stephanie realmente merece coisa melhor. Ela sorri para mim.

– Tudo bem você voltar sozinha hoje?

– Claro.

– Tudo mesmo?

– De boa, Sté. Aquele dia eu só fiquei com a pressão baixa.

– Eu acho que você devia fazer o desenho, Rosa. Ia ser tão mais legal se a capa do livro fosse feita por uma aluna.

– Tá, vou pensar, pode deixar.

Chego em casa e vejo que a Maria Célia pediu pizza para o jantar. Ela e o meu pai estão tomando o maior cuidado comigo desde que descobriram que eu nunca tomei aqueles *remédios tarja preta que fazem com que as pessoas não sintam nada*. Comemos a *margherita* em silêncio, ouvindo a passagem de som da banda dos amigos do meu pai para um show em Tietê, uma cidadezinha no interior de São Paulo. É bem bizarro, mas desde que o Renato viajou para trabalhar, passamos a maior parte do tempo em chamadas de vídeo. Ele conta de todos os shows, dos cafés frios que toma nas paradas de estrada, das piadas que os caras fazem no caminho... Também me pergunta da escola, das lições e da Maria Célia.

A cena agora é exatamente essa: estou jantando com a minha avó, e meu pai, participando da conversa, mesmo estando no interior. O celular está apoiado sobre meu livro de Matemática, a primeira utilidade que vejo para ele na vida.

– Tá tudo bem entre vocês mesmo, né?

– Renato, essa é a terceira vez que eu te respondo isso hoje. Que foi, filho? Não confia mais em mim?

Minha avó me serve mais um pedaço de pizza sem perguntar se eu quero ou não.

– Tá tudo ótimo, pai. Mesmo.

Ele coloca a cara barbuda bem perto da tela e ri.

– Que bom, filhota. Porque hoje é sexta-feira e eu tenho uma surpresa pra você. Deixa só essa música acabar que você vai entender.

Maria Célia vai até a geladeira e volta segurando uma cerveja. Ela abre a lata longe da câmera do celular, mas meu pai se liga no barulho.

– Mãe, você prometeu que não ia beber nada enquanto eu estivesse fora.

– É refrigerante, filho. Que controle, meu Deus.

Minha avó pisca para mim e toma quase toda a cerveja em um gole, fora do campo de visão do meu pai. Claro que não digo nada, afinal *dedurar é uma das coisas mais feias que uma pessoa pode fazer na vida*. A tal surpresa começa: é uma versão rock de "Ciranda da bailarina" – na real, uma versão bem tosca, já que a banda que meu pai produz não é mesmo lá essas coisas.

"Procurando bem, todo mundo tem pereba, marca de bexiga ou vacina. E tem piriri, tem lombriga, tem ameba. Só a bailarina que não tem."

Julieta cantava essa música para mim quando eu era pequena. Aos 8 anos, cismei que queria fazer balé porque todas as minhas amigas faziam; era assim que as coisas funcionavam. Meu pai estava em uma fase boa no trabalho e eles conseguiram me matricular em uma escola perto de casa. Apesar de não levar o menor jeito para a coisa, adorava vestir aquele uniforme, a sapatilha e a faixa no cabelo. Julieta me levava para as aulas duas vezes por semana e o Renato me buscava. Passamos muitos meses cantando juntas a música da bailarina, até que a escola resolveu fazer uma espécie de aula aberta, minha mãe foi assistir e ficou indignada com a rigidez e o tratamento rígido da professora com aquelas alunas tão pequenas.

Que coisa mais nociva, espartana, mecânica. Isso não é para você, filha.

Chorei por dias e implorei para não sair da turma. Não queria deixar de vestir aquele uniforme e não queria parar de cantar a música da bailarina.

"Nem unha encardida, nem dente com comida, nem casca de ferida, ela não tem."

Não teve jeito. Quando minha mãe colocava alguma coisa na cabeça, ninguém conseguia tirar; a Julieta era muito teimosa. A banda toca a música e eu morro de saudade da minha mãe e do tempo em que ela era a única certeza que eu tinha na vida. Meu pai faz uns passos de balé engraçados e olha para mim para ver se estou rindo. Eu pego o celular no meio da mesa, chego a cara bem perto da câmera e finjo rir, tipo uma risada triste.

– Eu amei, pai.

Capítulo 32

Dormi na cama do meu pai, na parte de cima do beliche. Não sei se foi o cheiro do shampoo anticaspa na fronha que me deixou tranquila, mas eu apaguei. De manhã, escuto os passos mal-humorados da Maria Célia na cozinha e viro para o lado, quero dormir de novo até o Renato voltar. Perdemos o contato com ele ontem à tarde. No começo da noite, ele mandou uma mensagem do celular do Garganta dizendo que está em Três Lagoas, no Mato Grosso do Sul, onde a banda vai fazer o último show dessa temporada. O Renato esqueceu de pagar a conta do celular, e por causa disso não vamos mais ter aquelas videochamadas longas em que eu fingia sorrir e tentava não parecer incomodada por estar sendo monitorada.

Batidas secas na porta.

– Rosa, acorda, vem almoçar. Você vai se atrasar.

Eu continuo sendo monitorada.

– Eu não vou na terapia hoje, vó.

– Vai, sim. Nem que eu tenha que te levar.

Sem meu pai acompanhando tudo, a Maria Célia fica mais direta e impaciente. Arrasto meu corpo até a sala e vejo uma macarronada fria e quase sem molho em cima da mesa.

– Eu não estou com fome.

– Come pelo menos um pouco, Rosa. Depois você fica desmaiando por aí e eu já não tenho mais idade para te socorrer.

Sinto um arrepio repentino, a fala dela me lembra alguma coisa. Não tem ovo de gema mole, carne moída ou qualquer tipo de amor envolvido nessa comida. Só um macarrão meio morno com um molho requentado e uma obrigação, a obrigação de me alimentar. A própria Maria Célia não come nada.

– A Serena te ligou quatro vezes ontem no telefone fixo. Você falou com ela?

– Não.

– Não vai ligar de volta?

– Não.

– Por quê?

– Porque eu não quero.

– Desculpa, Rosa. Sei que eu não tenho nada com isso, mas até onde eu lembro, vocês eram tão amigas. Ela veio no seu aniversário...

– Vó, eu não quero ser grossa, mas você não tem nada com isso mesmo.

– Tá bom. Eu sei. Mas ia fazer tão bem pra você sair um pouco com ela. Seu pai também acha.

Não aguento mais. Empurro o prato de macarrão frio e quase piso no rabo da Fernandona, que fica sempre no meu pé enquanto eu como.

– Ele acha errado, e você também. Aquelas meninas não têm mais nada a ver comigo. São umas deslumbradas que passam o dia pensando na próxima viagem para a

Disney. Imagina o que vai acontecer com elas no dia que tiverem que limpar a própria privada?

Minha avó olha para mim com certo espanto. Eu pego minha mochila no quarto, faço um carinho rápido na Fernanda Montenegro e saio sem me despedir.

Cinquenta e sete graus dentro do ônibus, isso porque estamos em setembro. Esse mundo já era mesmo. As pessoas cansadas e encaloradas estão suando e com as roupas grudadas no corpo, mas não se importam. Tento pegar uma brisa que vem da única janela aberta e não dá certo. O ar não circula. A menina que está do meu lado fala com a mãe pelo celular e a voz dela parece mais longe do que o normal. Estão falando sobre os brigadeiros que têm que enrolar juntas para a festa na casa da vizinha. Quem quer saber dessas merdas de brigadeiros? Me sinto sufocada, o medo reaparece. Tenho certeza que vou desmaiar aqui dentro e o máximo que essas pessoas vão fazer é desviar do meu corpo caído no chão. Ou nem isso.

Não escuto mais a conversa estúpida da menina com a mãe, agora é só o meu coração. Rápido, alto, dominante. Em poucos segundos, ele vai explodir e transformar todas essas pessoas cansadas em cinzas. A notícia vai aparecer no jornal, mas no dia seguinte todo mundo já esqueceu. Um homem vestindo uma roupa toda fechada e com uma bíblia debaixo do braço olha para mim com uma cara estranha. Ele pisca o olho bem devagar, sorri e passa a língua sobre os lábios secos. Batidas mais rápidas do meu coração, mas de uma hora para outra eu volto, estou aqui, bem aqui, totalmente alerta. Tenho dificuldade para me mexer porque estou espremida, mesmo assim consigo tirar uma catota gigantesca de dentro do meu nariz e oferecer para ele. O tal religioso perigoso faz uma careta de nojo e se afasta. Dou uma risada alta e gostosa, como se fosse a última risada da vida. Estou aqui, morrendo de calor, com os pés no chão e rindo bem alto.

– Então você já falou da viagem do seu pai, do desenho que não quer fazer na escola e da sua avó. Que mais, Rosa?

– Eu descobri que também tenho que escrever um conto pra aula de Literatura, pra esse tal trabalho de final de semestre.

– Legal. Sobre o que você vai escrever?

– Sei lá. Na real, eu não gosto de escrever, nunca fui boa nisso.

– A professora sugeriu um tema?

– Não. Mas disse que é pra gente falar da nossa vida. Das coisas que estão incomodando a gente agora.

– Parece ótimo. E o que está te incomodando agora?

Pronto, ela fez de novo. Pegou as minhas palavras, fez um nó e, agora, quer me enrolar. Ficamos muitos e muitos minutos em silêncio. A franja dela está grudada na testa. Que nojo, minha psicanalista não sabe nem lavar a cabeça direito. Ela me olha sem piscar e desvio o olhar.

Uma manifestação de poucas pessoas vestidas com a camiseta do Brasil passa na avenida ao lado, fazendo bastante barulho. Julieta teria odiado ver essa galera se apropriando da música e tirando os versos do Cazuza de contexto.

– Babacas.

– Quem?

– Eles. – Aponto para o coro desafinado e a Vanessa ri. Sinto um calor insuportável e penso que nunca conseguiria viver em Manaus.

– E então?

– E então o quê?

– Eu perguntei o que anda te incomodando agora.

Outro silêncio constrangedor. Agora, não tenho como escapar.

– Minha avó.

– Alguma outra coisa além dela?

Que vontade de sair correndo, de tirar a roupa e gritar para essa mulher que eu não queria estar aqui, que fui obrigada a vir, que ela não é minha amiga nem é nada minha, que essa cadeira de praia é péssima, que minha perna está grudada no forro dela.

– Rosa, no dia que nos conhecemos, você falou da sua mãe. Disse que não estava conseguindo nem respirar sem ela.

Não sei por que as pessoas querem arrancar você de dentro de mim, mãe, eu não entendo. Elas querem que eu fale, chore, grite, chore um pouco mais. Querem escândalo, mãe. Eu só quero ficar quieta, com você dentro de mim. Perto de mim. Com as suas palavras, as suas músicas, as dúvidas adolescentes na agenda.

– E as crises, você anda tendo?

– Não.

– Nem de vez em quando?

– Tá, de vez em quando, sim. Tipo em lugar muito fechado, como no ônibus que eu vim para cá.

– Vamos falar sobre o tratamento e o remédio que o psiquiatra te receitou?

– Fala você.

– Eu entendo o ponto de vista da sua mãe sobre isso, mas queria saber o seu.

– Eu penso exatamente igual a ela.

– Exatamente igual?

– Exatamente.

Falamos pouco no resto da sessão. A Vanessa disse que também não curte muito remédios psiquiátricos, especialmente porque hoje as pessoas fazem uso indiscriminado deles. Mas, em alguns casos, eles podem ajudar a "dar uma levantada". Eu não preciso levantar de lugar nenhum, mãe. Quero ficar aqui, exatamente aqui, do seu lado, com as palavras que você me ensinou.

Volto a pé para a casa da Maria Célia. Não por que o ônibus vai estar cheio e eu tenho medo de ter um treco de novo. Não exatamente. É porque quero ocupar a cidade, a sua cidade, mãe. Ando devagar, olhando bem nos olhos das pessoas para deixar tudo mais humano nessa selva. Lembrando da última página que li da sua agenda, da sua briga com o Mané e da espera por uma ligação dele, que não chegava nunca. Foram dias e dias ao lado do aparelho telefônico, o coração disparado toda vez que ouvia aquele "trimmm". Meu coração bate junto com o seu, mãe, rápido, alto, urgente...

Olho para os lados e não reconheço mais as ruas; mesmo assim, eu ando. Eu, você e o nosso coração. Meu celular toca algumas vezes, é a minha avó, eu tiro ele da mochila e atiro no bueiro, esse câncer do mundo, cansei de ser vigiada, monitorada, estou aqui com você, mãe. Andamos juntas pelas ruas desse bairro que tenho certeza que você também detestava por causa da Maria Célia, a mãe do filho da mãe, eu ando rápido e não reconheço nada, nem as casas, nem os carros, nem as pessoas, está cada vez mais escuro, você detestava esse lugar, os carros passam, as motos também, as horas avançam, a noite chega meio rápido, ando bem rápido e sem direção, não me importo, eu tenho certeza que você detestava mesmo esse lugar por causa da Maria Célia, essa mulher que não me deixa, ela aparece correndo no fim da calçada, olha para mim com um ar desesperado, chora e dá um abraço que me sufoca, acho que é o primeiro abraço que minha avó me dá na vida.

– Rosinha, minha menina, o que aconteceu? Eu te liguei tantas vezes, fiquei com medo, com muito medo. Ainda bem que eu te achei. Ainda bem que eu te achei.

Capítulo 33

Meu pai adiou a volta da viagem, ofereceram mais shows para a banda em outras cidades do Mato Grosso do Sul e ele não tinha como abrir mão da grana. Fiquei aliviada porque a Maria Célia não contou sobre minha demora para voltar para casa nem do sumiço do meu celular. Eu disse que, por descuido, ele tinha caído na água, e o Renato acreditou. Minha avó não desmentiu, viramos cúmplices desde o dia em que ela abriu aquela lata de cerveja escondida dele. Alguma coisa aconteceu com ela, porque agora resolveu me deixar em paz. E, por alguma razão, começou a fazer umas comidas mais gostosas na hora do almoço. Ontem teve bolo de purê com carne moída, e hoje, uma feijoada bem boa. Claro que comemos a mesma coisa no jantar, mas, de qualquer jeito, eu percebi um avanço.

Quatro de julho de 1989, minha mãe escreveu que está *encanada* com o sumiço do Mané. Lembro que toda vez que ela usava essa palavra, eu ria. Agora estou aqui, *encanada* em ler a agenda dela até o fim.

Encanada em absorver as palavras da Julieta e não sair desse quarto nunca mais. *Encanada* com todas as escolhas que ela fez – as cores das canetas, os rabiscos, os ingressos de shows, os desenhos, as páginas que deixou em branco.

No dia 7 de julho, não tem nada escrito. No dia 8, ela saiu com uma amiga chamada Marina para tomar cerveja em uma cidade vizinha. É estranho mesmo o tanto que ela bebia naquela época, especialmente quando lembro do discurso que tinha que ouvir toda vez que eu ia em algum lugar em que teria bebida alcoólica. Acho que eram outros tempos. Leio bem devagar porque não quero que as páginas acabem. No dia 9, ela tem uma briga horrorosa com o Mané e fica mais uma vez plantada do lado do telefone esperando ele ligar, o que não acontece. Ela perdeu o sono e escreveu no meio da madrugada:

"Viveremos entre monstros da nossa própria criação, serão noites inteiras, talvez, com medo da escuridão, ficaremos acordados, imaginando alguma solução, para que esse nosso egoísmo não destrua nosso coração."

Agora também já é madrugada e meu sono se mistura com a sensação forte de que ela escreveu essas palavras para mim, mesmo que isso não faça nenhum sentido.

"Todo mundo é parecido quando sente dor, mas nu e só ao meio-dia, só quem está pronto para o amor."

No dia 12 de julho, ela finalmente resolveu terminar com o Mané porque descobriu que ele namorava outra menina ao mesmo tempo. Essa é a Julieta que eu conheço, a pessoa que está aqui dentro de mim, que me faz companhia nessa madrugada: a mulher que já era poderosa e decidida desde a adolescência.

"Um dia me disseram quem eram os donos da situação, sem querer eles me deram as chaves que abrem essa prisão. E tudo ficou tão claro, o que era raro ficou comum, como um dia depois do outro, como um dia, um dia comum. Somos quem podemos ser, sonhos que podemos ter."

Demoro vários minutos para ler o mês de agosto porque sei que, enquanto tiver a história dela, não vou ficar sozinha, sentir medo, ter tontura ou calafrio. Ela está aqui comigo, mais viva do que nunca nessas palavras, nas nossas palavras. Se fosse só sentir saudade, mas tem sempre algo mais. É uma música, penso em tatuar meu outro braço com ela.

No dia 13 de setembro de 1989, ela pichou isso no muro da casa da frente do Mané:

"Deixa, se fosse sempre assim, quente, deita aqui perto de mim. Tem dias em que tudo está em paz, e agora os dias são iguais..."

Como assim? O cara tinha outra namorada, não tinha? Não estou entendendo. Ela voltou com o Mané no dia 16 de setembro e escreveu na agenda que ele poderia ficar com quem quisesse, desde que ficasse com ela também. A Julieta não estava aguentando ficar sozinha, muito sozinha, sem ele...

"A minha vida continua, mas é certo que eu seria sempre sua. Quem pode me entender? Depois de você, os outros são os outros e só, depois de você, os outros são os outros e só..."

Não faz sentido, essa não é a mulher que conheci. No dia 2 de outubro, ela coloca uma aliança de compromisso. Que merda é essa, aliança de compromisso? Como assim, Julieta? Não era você que me dizia que na minha idade eu tinha que pegar todo mundo? Isso mesmo, mãe, você falava "pegando", como assim você aceitou ficar com um cara que te traía e colocou uma porcaria de uma aliança no dedo? Nessa idade?

"Você diz não saber o que houve de errado, e o meu erro foi crer que estar ao seu lado bastaria, oh meu Deus, era tudo que eu queria, eu dizia o seu nome, não me abandone jamais..."

Meu coração parece que vai sair pela boca, não estou com medo, estou com raiva, você comia devagar, me vigiava, me controlava, muita raiva do espaço que você tomava dentro de mim, que toma dentro de mim, da minha cabeça, dos meus pulmões, da minha respiração, quero respirar de novo, inspira, expira, raiva, você não era você, aliança no dedo, a droga de uma aliança no dedo, era tudo mentira, raiva, cadê o ar, respira.

Rasgo essa agenda em milhões de pedaços, depois outra e mais outra, todas elas, você está em pedaços agora, as músicas idiotas, as mentiras... Corro para a cozinha com a última agenda na mão, tem uma garrafa de álcool na pia, jogo em cima dela, depois risco um fósforo, a sua história pegando fogo, as mentiras, as músicas, o pano de prato pega fogo, e o saco de lixo, eu olho e não faço nada, raiva, agenda, fumaça, tem muita fumaça, aqui não tem ar, não saio do lugar, você em chamas e eu acho bom, muito bom mesmo.

Capítulo 34

Ela era um pedaço de mim que foi embora, uma parte importante, tipo os pés, então eu achava que não podia mais andar, quem é que sabe andar sem os pés? Eu também pensei que não sabia mais respirar, porque eu tenho a impressão de que aprendi a fazer isso junto com ela, ainda dentro da barriga. Mas o tempo passou e eu me transformei muito, muito mais do que naqueles nove meses em que estive crescendo dentro dela.

Talvez tenha sido por causa das conversas com uma mulher chamada Vanessa, ou das surpresas que meu pai ainda insiste em fazer. Não sei. Talvez eu descubra quando for mais velha. Por enquanto, eu só sei que a gente aprende mesmo muitas coisas com as mães. Antes de morrer, eu acho que a Julieta já tinha me ensinado quase tudo. Quase tudo. Ela só esqueceu de me ensinar a viver sem ela. Isso eu tive que aprender sozinha.

A professora quase não consegue acabar de ler meu conto, de tanto que chora. Alguns colegas de classe também deixam escapar umas lágrimas, e a Stephanie, que agora eu sei chamar de amiga, vira para trás e me dá a mão.

– Você deveria ser escritora, Rosinha. Serião.

Ficamos um tempo de mãos dadas. A professora de Literatura se recupera e segue lendo os contos das outras pessoas. Na semana passada, ela me perguntou sobre a capa do livro e respondi que não me sentia pronta para voltar a desenhar. Não sei se ela entendeu, mas não me perguntou mais nada.

Hoje faz seis meses que a Julieta morreu. Vamos dar uma festa, porque sabemos que é o tipo de coisa que ela faria. Convidamos as colegas de faculdade dela, as professoras da escola antiga, a Stephanie, a Jane e as minhas amigas de sempre, Kellen e Serena. A verdade é que, mesmo tendo me afastado por um tempo, as duas não me abandonaram nunca. Dois dias depois do pequeno incêndio na cozinha, com a minha avó e o Renato não me deixando nem ir ao banheiro sozinha, as duas apareceram na casa da Maria Célia com as mochilas nas costas e um propósito.

– Não adianta reclamar, porque a gente só vai sair daqui no dia em que a gente quiser.

Elas não guardaram rancor do tanto de patada que eu dei nos últimos tempos. Ou guardaram, mas depois entenderam. A real é que as minhas amigas são bem mais do que meninas que vivem sonhando com a Disney. Elas se importam comigo, e isso faz toda a diferença. Eu virei o projeto delas. E do meu pai e da minha avó também, que ficou tão assustada com o fogo na cozinha que resolveu dizer que aquele era um recomeço para ela. Não gosto muito de lembrar daquela noite.

Nas minhas sessões de análise, eu entendi que estava muito misturada com a minha mãe, seja lá o que isso quer dizer. Então, no momento em que descobri que ela foi uma adolescente completamente diferente do que eu imaginava, fiquei sem chão.

Agora, eu piso firme no chão toda vez que meu coração dispara. Tem acontecido cada vez menos. Nesse exato momento, por exemplo, meu pai e minha avó estão na porta da sala de aula, e eu sei que vieram porque vamos visitar o túmulo da Julieta antes da festa. Não sou mais engolida por uma onda gigante toda vez que lembro daquela manhã fria em que o Renato foi me buscar mais cedo na escola.

Talvez o remédio – que eu finalmente concordei em tomar – esteja dando resultado. Não sinto nenhum efeito colateral, só a boca seca de vez quando e mais sono na hora de acordar de manhã. Mas isso eu sempre senti, verdade seja dita.

Eu saio sem me despedir direito do pessoal da classe. A Stephanie grita para mim:

– Até daqui a pouco, Ró!

Colocamos girassóis enormes na lápide da Julieta. Tem outras flores ali, fico pensando se são das alunas que adoravam minha mãe, ou da Leonora, tipo um pedido de desculpas por ter escolhido aquela horrível roupa laranja para o enterro.

Na saída do cemitério, aviso meu pai e minha avó que preciso andar um pouco por lá. Eles trocam olhares, ficam em dúvida.

– Tá tudo bem, eu juro. Podem ir na frente, encontro vocês no ponto.

Ando bem devagar do lado do muro do cemitério. Faz um calor infernal, estamos no começo de dezembro.

Um cheiro forte de flores invade meu nariz. Tento lembrar a última vez que ouvi a história que conheço tão bem. Acho que foi logo depois da nossa penúltima briga, quando minha mãe ficou brava comigo porque eu queria dormir com o cabelo molhado. Era julho, tipo a noite mais fria do ano.

— Eu não acredito que passei todos esses anos falando a mesma coisa e até agora você não entendeu, filha. Tá frio. Por favor, seca esse cabelo.

Bati mil vezes a porta do meu quarto naquela noite. Gritei e disse coisas horrorosas para a Julieta. Até que ela entrou no quarto sem bater, com uma cara de choro e um prato de goiabada nas mãos.

— Acho que já te contei essa história do finzinho da gravidez, mas vou falar de novo porque foi muito impressionante, filha. Eu voltava para casa andando, queria ter um parto normal. Estava escuro, quente, e eu pisava em cima de muitas baratas na calçada daquele cemitério. Você sabe como eu tenho medo de barata, não sabe? Mas naquele dia eu não tive, Pitu. Porque o fato de estar carregando você dentro de mim fazia com que me sentisse uma super-heroína, Rosinha. Forte, muito forte mesmo. A verdade é que sabia que estava criando com você o laço mais poderoso que existe no mundo, amor, essa coisa entre mãe e filha. Eu nunca mais vou estar sozinha, Pitu, e isso é muito mágico. Não importa o que acontecer, seremos sempre eu e você. Não tem briga, cabelo molhado, salto anabela ou namorado que separe a gente, você sabe disso, não sabe? Eu e você. Para sempre, eu e você.

Ela me deu um abraço apertado e chorou muito no meu ombro. Que saudade daquele abraço. Das lágrimas que ela soltava com tanta facilidade. Sinto um aperto forte na garganta e um calor fora do normal. Ando mais devagar agora, porque sei exatamente o que vai acontecer.

Não tenho medo de cair ou ficar louca. Não tenho mais tanto medo de sentir medo. Não tenho mais medo de chorar. As lágrimas aparecem com muita força. As primeiras que eu derrubo desde que ela morreu.

Choro bem alto agora. Choro com vontade. Choro para todo mundo ouvir. Choro porque sei respirar e andar sozinha, você me ensinou. E, o mais importante de tudo, mãe, choro porque sei que somos eu e você. Para sempre, eu e você.

Agradecimentos

Ao reler esse livro na edição, me dei conta de que absolutamente tudo que escrevo tem família. E percebi que só consigo criar histórias de outras mães, pais e filhas porque tenho muito espaço, amor e compreensão aqui na minha própria casa. Por isso, sou e serei eternamente grata à Alice, minha filha amada, e ao Róger, meu marido e grande amor *margherita*.

Eu também deixo um muito obrigada para a Dani Gutfreund, que me ajudou nas primeiras e mais importantes linhas dessa história, à querida Flavia Lago, que teve um olhar sensível e apurado para trabalhar com a jornada da Rosa, e também para Lúcia Riff e toda a equipe da agência Riff. Com pessoas assim do lado, é impossível se sentir SOZINHA.

Este livro foi composto com tipografia Adobe Garamond Pro e impresso em papel Off-White 80 g/m² na Formato Artes Gráficas.